すべては
ギャルの是《これ》洞《とう》さんに
軽蔑されるために！

「災難だったねぇ、キタロー君」

優しい笑みを浮かべて是洞《これとう》さんは微笑む。
「オタクに優しいギャル」というのがSNSで流行り、
架空なのか実在するのか議論されたことがあるが、
映画オタクである僕に対して是洞さんは滅茶苦茶優しいので、
僕の観点では「実在している」と断言できた。

渡辺帆立《わたなべほたて》
是洞響《これとうひびき》
佐波義冬《さばよしふゆ》

狭《はざ》間《ま》陸《りく》人《と》
宝《ほう》条《じょう》蘆《ろ》花《か》
獅《し》子《し》堂《どう》信《しん》念《ねん》

「ごるぁ、佐波ぁ!! おんしゃあ、またチャリで校内に突入しよって!!
アリス・ウォーノック
朝の
風紀委

どこまでべこのかあよ《馬鹿者なのかよ》!!」
アリスはその金髪碧眼の美貌に似合わない、
土佐弁全開だった。
アリスはイギリス生まれ、高知育ちで、
今は義理の両親の都合で埼玉に住んでいる。
その顔には憂いがあり、かなりの美人のため、
見た目は「儚い雪の女王」という風貌だが、
実際の性格は土佐弁バリバリの
「バーサーカー」そのものである。

もくじ

【第一章　僕たちはどうしようもなく○○だ】P011
【第二章　僕はギャルに軽蔑されたい】P034
【第三章　人間だってアニマルと言いつつ、特殊性癖を持つのは人間だけだから、本当は動物ですらないと思う】P101
【第四章　気持ちが前向きになっても陰キャにラブコメは難しい】P139
【第五章　アリス・インベイド・ワンダーランド】P184
【第六章　僕たちの戦争】P225
【第七章　プランC】P254
【終章　僕はこの女性と旅に出る】P296

すべてはギャルの是洞さんに軽蔑されるために！

たか野む

講談社ラノベ文庫

口絵・本文イラスト／カンミ缶
デザイン／木村デザイン・ラボ

第一章　僕たちはどうしようもなく○○だ

「あれ⁉　うーん？　あれ⁉　なくね？」

高校二年の九月半ばの話だ。体育が終わった後、クラスの女子で、いわば「遊び人層」である佐藤《さとう》さんが自分のカバンをまさぐり、大きな声をあげた。髪を染めており、カバンには小物をジャラジャラつけ、死語になっていないなら「ギャル」と言った人種だ。

僕はその段階では特に何も考えず、なんとなくぼーっとその光景を見ており、自分が当事者だと気づいていなかった。体育後にぼーっとしていたのは、運動疲れではない。普通に片頭痛である。僕は病弱だ。今日は持病の片頭痛が体育開始直後にひどくなったので、すぐ保健室に行っているため、授業に参加していない。

薬を飲んでだいぶ治まったが、それでもまだ芯の部分の痛みに呆然《ぼうぜん》としていると、佐藤さん含め、三名の女子が僕の机の方へ近づいてきた。僕とは仲良くもない三人だ。

「な、なんですか？」

驚いてそう声を出すと、佐藤さんたちは怒っており、僕の胸ぐらを掴《つか》みかねない勢いだった。

「なんですかじゃねぇよ、キタロー！　お前取ったろ？」

僕の名前は狭間陸人《はざまりくと》。名前には欠片《かけら》も「キタロー」の文字は含まれていないが、あだ名はキタローだ。背が低く、片方の目が隠れがちな髪型をしているため、ゲゲゲの付く妖怪退治のプロに似ているのだ。「じゃあ前髪切れよ」と思うかもしれないが、中学生のころ、一度坊主にしてクラス中に笑われ、先生からも弄《いじ》られて以降、甘んじてキタローの名を受け入れている。

「取ったろ」と佐藤さんに言われても何も取ってないうえに、そもそも何を取ったのかまったく理解していない。僕は動揺して、「え、何の話ですか？」と小声で言った。

「リップだよ、リップ！」

リップ？　あ、リップクリームか。「そんなもん盗んでどうするんだ？」と疑問が湧くが、僕は思わず、クラスメイトで幼馴染《おさななじ》みの佐波義冬《さばよしふゆ》のほうを見る。

「リップクリームの持ち込みってそもそも校則違反じゃないの？」

「色付きリップは校則違反だな、じゃあな！」

佐波は「俺を巻き込むな」という顔でそそくさと教室から去ってしまった。仕方がないので佐藤さんたちとは一人で対峙《たいじ》する。

「いや、なんで僕なんですかね？」

「途中で体育、抜けてたのお前しかいないだろ。お前しか取れねーんだよ」

「でも、僕、保健室にいましたし」

「体育抜けたやつ、お前しかいねーんだよ。ほかに誰がいんだよ！」

ほぼ同じ言葉で凄《すご》まれた僕だけど、さすがにリップクリームを盗む趣味はまったくない。

「そんなもの盗んでどうするんですか？　塗るんですか？」

「あぁ⁉　塗るとか変態か、キタロー！」

できるだけ理詰めで言おうとしたけど「感情で怒ってる相手」に、「理に適《かな》う理由」を問うても、無意味なのだ。相手をより怒らせる結果になり、僕は首をすぼめる。

「あいなー。キタロー君、悪くねーよ。盗んでねーよ、キタロー君」

救いは廊下からやってきた。佐藤愛奈《あいな》さんをなだめるようにそう声をかけたのは是洞《これとう》響《ひびき》さん。佐藤さんと同じくギャルに属する人で、ウェーブのかかった明るいベージュの髪をポニーテールにしている。部活は陸上部だから、肌は健康的な日焼けをしているが、メイクと小物が派手なため、日焼けサロンで焼いている黒ギャルにしか見えない。ややたれ目気味でクラス一の美人では決してないが、僕は愛嬌《あいきょう》があって可愛《かわい》らしいと思う。

「はぁ？　んでだよ、ビッキー。キタローかばうのかよ？」

佐藤さんは仲間にも強気な姿勢を崩さない。是洞さんは少し困った笑みを浮かべて、説得を続ける。

「だって、盗むもんなんて最初からねーよ」

「いや、昨日、ビッキーも一緒に買い物したじゃん！」

佐藤さんは「覚えてないの馬鹿かよ」という態度を示すが、是洞さんは平然と告げた。

「あいな、そのとき、いつもの商品売り切れてたから買わなかったじゃん」

「あ！」

根本的に商品を買えなかったことを思い出した佐藤さんは照れ隠しに「ごめん、キタロー君！　疑っちゃったわ！　ウケる！」と言い、僕の背中をバシバシ叩《たた》き、何事もなかったように友人と談笑しながら離れていく。

「災難だったねぇ、キタロー君」

是洞さんは優しく微笑《ほほえ》む。「オタクに優しいギャル」というのがＳＮＳで流行《はや》り、架空なのか実在するのか議論されたことがあるが、映画オタクである僕に対して是洞さんはめちゃくちゃ優しいので、僕の観点では「実在している」と断言できた。

「是洞さん。ありがとうございます」

「なに。困ったときはお互い様っしょ？」

そう優しく明るく笑う是洞さん。

いつも笑顔を絶やさず、僕なんて存在にもとても優しい是洞さん。

ああ、この人に。是洞さんに。僕は。

「軽蔑の眼差《まなざ》し」を向けられ、蔑《さげす》まれてみたいと僕は思うのだった。

この優しい瞳が軽蔑の眼差しに変わって冷たくにらみつけられたい。

ボキャブラリーの限りの罵詈雑言《ばりぞうごん》を浴びてみたい。

きっとその光景はとても美しいものだと思うから。

僕、狭間陸人はどうしようもないマゾヒスト。つまり、ドMであった。

◇◆◇

「是洞さんに蔑まれたい？」

放課後、集まった文学部のメンバーに気持ちを打ち明ける。

ちなみに「文学部」は「文芸部」ではない。どちらかと言えば「読書部」をこの学校独特の言い方にしている。

渡辺帆立《わたなべほたて》君、宝条蘆花《ほうじょうろか》さん、獅子堂信念《ししどうしんねん》先輩、佐波義冬の四人は僕の顔を見る。しかし、各々別々《おのおの》の表情を浮かべながら、侮蔑や驚異の目で僕を見る人はいない。部活のメンバーに僕が「ドM」であることは公表済みだ。なぜならここは「文学部」のふりをした「ドM倶楽部《くらぶ》」。高校生マゾヒストが集まった文学部の皮をかぶった意見交換所だからだ。

ドM倶楽部と言っても、活動内容はほとんど益体《やくたい》もない話を駄弁《だべ》っているだけである。

「M紳士M淑女《しゅくじょ》の情報交換所」という名目だが、話題はMに関する内容三割、ほかの話題七割くらいだ。つまり、ただ気が合う仲間で集まって無駄話をして青春を摩耗しているどうしようもない集団なのだけど居心地がいいのは間違いない。

「うむむ、是洞殿はどんな子でござるか？　拙者、クラスが違うので今一つわからないでござる」

そう言ったのは渡辺帆立君。高校二年生。

ドMである。

かなりの高身長に横にもでかい肥満体、度のきついメガネ、首まで伸びているチリチリの髪の毛に、カバンにつけたアニメグッズを隠そうともしていないオタクだが、はっきり言って今この場にいる五人で一番すごいのは渡辺君だろう。なんと、全国中学校相撲選手権大会全国優勝している。うちの高校に相撲部はないが、すでに相撲部屋にスカウトされていて、卒業後の進路は決定しているらしい。毎週土曜日は相撲部屋で稽古をつけてもらってるらしく（知らなかったんだけど、相撲取りは朝しか稽古しないから学業後の夕方に稽古とか無理らしい）、「今はまだお客様でござるが先輩の可愛がりがすでにきつそうな匂いぷんすかな件について」と語っている。目標は「とりあえず三段目」と本人は言っているが元大関の親方からは「志が低い！　男なら横綱を目指すべきだし、現実的な話をしても帆立丸（※予定のしこ名）の才能なら十両までは軽く視野に入る！」と言われているらしい。僕にはそのすごさがよくわからないけど、相撲ファンの宝条さんは目を丸くして

「十両まで行けばとんでもなくすごいことですよ！」と理解を示さない周囲に力説していた。

すごい人らしいが全然そのことを誇示せず、運動神経が死んでいる僕と同じ目線のいい人である。何世代も前のオタク構文を過剰に使うが、本人の中では流行ってるらしい。

「わたくしは狭間さんや是洞さんと同じクラスなので存じ上げてますが、一言で言ってしまえば、是洞さんはギャル、それも黒ギャルというものですかね」

ちょこんと首をかしげる宝条蘆花さん。高校二年生。

この部活の紅一点にして、ドMである。

性癖に偏見を持ってはいけないが、ドMであることが信じられないような美人だ。クラス一の美人なのは間違いないが、それ以上に美人すぎるライバルがいるので学年一の美人ではない。濡《ぬ》れたような黒髪のロングを姫カットにしており、毎日きっちりと整えている。実家が華道の大家《たいか》らしく、普段着は和装らしい。一見、生真面目な「THE大和なでしこ」という容姿と性格だが、芯の部分はかなりド変態で、また結構苛烈《かれつ》でもある。女性向けのM向け作品を好むが、男性向けM作品にもかなり理解を示している。

ちなみに宝条さんには彼氏がいるらしく倶楽部開始初日にその点を公表している。

「ふん。ギャルか。近年『オタクに優しいギャル』などというものがネットで話題に上ったと記憶しているが、ギャルははっきり言えば、オタクより先にドMのものだ。ＡＶを見ろ。いったい何割の黒ギャル物がドM向けと思っているのだ。俺たちは『ドMに優しいギャル』をすでに通過している」

少し見当違いの言葉を発したのは、獅子堂信念先輩。部活唯一の三年生で生徒会長だ。巨大企業グループの獅子堂グループ直系の次男でもある。

先輩もドMであるが、一見とてもそうは見えない。なでつけたオールバックに細身で長身、ハンサムではあるが、銀縁メガネの下には切れ長で攻撃的な鋭い目をしており、どう見てもSだが、ドMだ。これについて、宝条さんは「いや、獅子堂さんはMですよ。わたくし、ボーイズラブも嗜《たしな》んでいますが、獅子堂さんのような『ドS教師』みたいな見た目の男性がベッドではにゃんにゃんなくのはよくあることと存じます」と真顔でコメントしている。先輩は『ドM倶楽部（文学部）』の結成者でもある。ドMの傾向としてはどちらかと言えば実写派で、二次元派の僕、渡辺君、宝条さんとは相容《あいい》れないが、先輩は二次元を許容して勉強し、理解を示そうと必死だ。圧が強い見た目より全然いい人である。

「いや、なんでキタロー蔑まれたいの？　おかしくね？　だって好きな人から蔑まれたら普通嫌じゃん」

電子書籍で昨年の星雲賞を受賞したSF小説を読んでいた佐波がタブレットを置いてそう言った。

佐波義冬。

ドMではない。以上。

通称ヨッシーだが、倶楽部内では渡辺君しかそう呼ばない。着崩した制服に、身に着けた小物、薄い金に染めた髪の長さは耳が隠れる程度。見た目は不良というか、チャラチャラした遊び人で、実情も遊び人だ。髪の毛で耳を隠し、さらに耳に絆創膏《ばんそうこう》をしてるのは、ピアス隠しだ。顔はちょっとかっこよく社交的で明るいクラスの人気者だが、見た目に反して「文学好き」という一面があり、何も知らずに文学部に入った可哀《かわい》そうな……いや、あんまり可哀そうじゃないな。まぁそんなやつだ。僕とは小学校からの腐れ縁で家も近所の幼馴染みである。

「愚かだな、佐波。お前は本から何も学ばないのか？　『家畜人ヤプー』でも読んで出直してこい。でなければこの部活を辞めろ」

獅子堂先輩に非難され、佐波は苦笑いする。

「いや、退部はちょっと困るな」

佐波はドMたちの会合を気にしなければ、異様なレベルで電子書籍が充実した複数台のタブレット（同じく本好きの獅子堂先輩がポケットマネーをジャブジャブ注《そそ》ぎ、とにかく本を買いまくっている。もちろんドM用のアダルトCG集やそういう漫画や小説ばかり詰まったタブレットも何台も存在する）がある文学部を離れたくないのだ。有名な文学賞を受賞した作品から、読み手の高評価を得ている小説、ツボを押さえたマニアックな作品を網羅しているらしく、部活見学時、本好きの佐波は「うっそだろ⁉　道尾秀介《みちおしゅうすけ》と村上春《むらかみはる》樹《き》、伊坂幸太郎《いさかこうたろう》、貴志祐介《きしゆうすけ》、古川日出男《ふるかわひでお》作品、電子版ほぼ全部あるじゃん！　俺大好きなんだよ！　え⁉　こっちのSF小説端末に『機龍警察』シリーズ、『戦闘妖精雪風』と『敵は海賊』シリーズ、『人類は衰退しました』も全巻ある⁉　それだけじゃねぇ！　『天《てん》冥《めい》の標《しるべ》』も『銀河英雄伝説』も全巻入ってるじゃねぇか！　海外SFは……まぁいいや。何⁉　こっちはラノベ用と推理小説用とエッセイ用、こっちは時代小説や純文学の端末⁉　ほかにもいっぱい端末あるけど、もしかして全部違うジャンルか⁉　おいおいおい、マジか⁉　天国かここは⁉　入る！　入部するよ！　部員はタブレット借りて帰っていいんだよな⁉」と興奮気味であった。文学部の皮をかぶった「ドM倶楽部」であることを知る一分前の話である。

　ちなみに「文学」に関しては全部電子書籍化済みだが（昔は物理的な本もあったらしいが、獅子堂先輩が全部持ち帰ってしまったらしい）、「ドM倶楽部用のエッチな物理書籍」は文学部の棚の中にカギ付きで隠している。

　その唯一の非Mである佐波は名案を思いついたように手を打つ。

「あ！　じゃあ、まず是洞に彼氏いるか聞いたら？　俺聞こうか？」

　それを聞いた僕も含め、全員が呆《あき》れた目で佐波を見る。獅子堂先輩がため息をついた。

「佐波。どこまで下等なのだ。今はそういう話はしていないだろう。狭間は是洞とやらに恋愛感情を抱いているといつ言った？」

獅子堂先輩の言葉は佐波には意外だったらしい。

「え、でも、Mのキタローは軽蔑されたいんでしょ？　それって好きな人に軽蔑されたいってことじゃねぇの？」

「好きならば、告白の相談会になっている。それとこれとは別だ」

「うーん、M共の気持ちはわかんねーなぁ……まぁいいわ。俺、トイレ行ってくる」

佐波はそう言って、退室する。僕は佐波が出ていったのを見計らって、長年の疑問を獅子堂先輩にぶつけた。

「獅子堂先輩も本好きですよね？　なんで佐波と仲悪いんですか？　割と本の趣味も合いますよね？」

ポケットマネーを注ぎ、タブレット内に図書館を作っていることからわかるように、獅子堂先輩もかなりの本好きである。獅子堂先輩のみ去年から「文学部」所属、今年から「ドM倶楽部」は裏活動してるので、先輩は唯一の「文学部とドM倶楽部の兼部」なのだ。しいていえば、獅子堂先輩は海外小説や古典文学も好み、そちらは佐波には守備範囲外という違いはあるが。

渡辺君も僕の言葉に賛同する。

「あ、それ拙者も思ってた。本好き同士、仲良くできないでござるか？」

宝条さんも興味深げに獅子堂先輩を見る。獅子堂先輩は短く嘆息した。

「それは難しい。野球ファンと言っても巨人ファンと虎党が仲良くできぬのと同じだ。映画ファンと言っても大衆向けファンやホラーファン、アメリカンニューシネマのファンは仲良くできんのと同じだろ」

「しかし、会長。会長のたとえ話は趣味内の守備範囲が合わない者同士の話では？　ヨッシーと会長の本の趣味は拙者から見れば似通ってるように見えますぞ？」

渡辺君が不思議そうに返すと獅子堂先輩は腕を組み考える。

「たとえが悪かったが、趣味自体ではなく、考え方の違いだな。俺は好きな本とは秘めるもの。下品だが、好きな本は自らの性器のような存在だと思っている。読んだ本を勲章のようにひけらかすやつとは最初から相容《あいい》れぬ。あいつ、SNSで自慢げに読んだ本を紹介しているが、俺には信じられぬことだ。自分が狭量で偏屈なのもわかっている。すまないな」

精力的な獅子堂先輩にしては珍しく、疲れた顔でもう一度嘆息した。僕も渡辺君もあまり本を読まないので理解はできなかったが、本好きにも色々あるらしい。

宝条さんは小声で「やはり、サバ×シシ」とつぶやく。

僕は小声で「どこがですか、宝条さん？」と聞く。

「今の話、獅子堂さんは佐波さんのSNSを把握しているということですよ。お二人が教え合っていても捗《はかど》りますし、獅子堂さんが一方的に調べてても捗りません？」

そう興奮気味に言う宝条さん。そんなの想像もしなかったから、腐女子の方は着眼点が鋭いなと感心する。

自分がＢＬ話に使われていると知らない獅子堂先輩は僕のほうへ振り向いた。

「それはそうと、狭間の相談を詰めねばいかんな。さてどうしたものか。単純に考えたら嫌がらせをすれば、軽蔑の目で見られるだろう。水をぶっかけるだけでも効果的では？」

「それは」

僕が少し困っていると宝条さんがすぐにフォローしてくれた。

「狭間さんは優しい方です。是洞さんに嫌がらせをしたいわけではないのですよね？」

「それはそうです」

獅子堂先輩も咳払《せきばら》いする。

「自分で振ってなんだが、そもそも加害の相談であれば生徒会長として看過できん。嫌がらせはいじめにも繋《つな》がりかねない問題だ。マゾヒストの獅子堂信念ではなく、生徒会長の獅子堂信念として狭間を処断せねばならない。俺の信条ではそれは致し方ないが、俺の心情では親友の処断はしたくない」

「獅子堂先輩……」

先輩に「親友」と呼ばれ嬉《うれ》しくなってしまう。普段は凛《りん》として冷徹な態度を崩さず、教師にも生徒たちにも毅然《きぜん》と挑むかっこいい先輩だが、実はドＭで僕の親友だ。渡辺君が話を戻す。

「処断問題を言い出したら電子データとはいえ、十八歳未満に禁じられているエッチッチブックスを学《まな》び舎《や》に大量に集めている件から処断が必要になるでござるよ。狭間殿、確認でござるが、当然、自らの立場を貶《おとし》めたくないでござるな？　例えば、狭間殿が授業中に奇声を発して全裸になってガニ股で机の上で腰を振れば一発で軽蔑の目をもらえると思うけど、そういうのはしたくないと」

「したいはずないでしょ！」

「軽蔑とか立場以前に停学もの、下手したら今後のことも考えて転校だぞ」

渡辺君の言葉に獅子堂先輩は呆れ、宝条さんは何を考えているのか、うっすら興奮しているように見える。

「ふむ。今日は議論の日だな。宝条。書記を頼めるか？」

獅子堂先輩が「議論」と言ったので、僕は奥からホワイトボードを取り出す。普段、ドM談義のどうでもいい議論にしか使われないので、心なしかホワイトボードも嬉しそうだ。

「『是洞に害を及ぼしたくない』、『周囲に迷惑をかけない』、『狭間の社会的地位を落とす気はない』というぅえで、『是洞に軽蔑の目を向けられたい』。なかなか難題だ」

獅子堂先輩の言葉どおりに宝条さんはとても綺麗《きれい》な字で素早くホワイトボードを埋めていく。箇条書きも端的でわかりやすく、「相変わらず、うちの書記より優秀だな」と獅子堂先輩はつぶやいた。渡辺君が挙手する。

「まず、段階を踏むのはいかがですかな？」

「段階？」

僕はオウム返しをする。

「初日は軽いジャブのようなものから始め、だんだんとハードなものにしていくでござるよ。例えば、初日は是洞殿を『お母さん』って間違えて呼んでみるとか？」

「あ！　いいですね、それ！」

肯定したのは僕ではなく宝条さんだ。

「お母さん呼びで軽蔑の目を向けられなかったら、スマホの待ち受けをちょっと気持ち悪い感じの萌《も》えアニメにして、さりげなく是洞殿に見せて、それでも無理なら『かわいい犬の動画を見せる』と言い、スマホを渡すときに間違えてエッチチな動画を見せてしまうとか？　二の矢、三の矢を事前準備しておくのは当然でござろう」

確かにだんだんハードになってるな。三つ目は結構嫌だけど、これならば確実に軽蔑の目を向けられるだろう。獅子堂先輩は不満そうだ。

「アダルト動画を見せる行為はまずいだろ。法律的にも校則的にもアウトだ」

しかし、意外なことに宝条さんが食らいついた。

「しかし、獅子堂さん。是洞さんに軽蔑されるためにはある程度の法を破るのは仕方ないでしょう。『校内で異性にアダルトビデオを見せてはいけない』という校則でもあるんですか?」

「いや、法を破っては駄目だろ⁉　俺は止めたからな⁉　しかし、『段階を踏む』アイディアは悪くない。頭がいいな渡辺」

「拙者、無駄に身体《からだ》が大きくござらん。脳みそも相応に肥大化してるでござるよ」

「おまえくらいになると脳は大きくならんぞ。まず頭蓋骨を肥大化させねばなるまい」

「マジレスされて草」

宝条さんがホワイトボードに今の渡辺君の話をまとめ、パンと手を打った。

「では、本日はこの段階的な軽蔑作戦の内容を考えていきましょうか?　獅子堂さんもおっしゃいましたが、渡辺さんの意見の素晴らしいところは、是洞さんにも周囲にも直接的な被害が及んでいない点です。基本指針はこの感じで行きましょう。たとえで出たアダルト動画を見せられた是洞さんのメンタル面での被害は申し訳ありませんが、パージ致しましょう。今回は物理被害、狭間さんの悪評がなければ良しとします」

宝条さんが仕切りだし、普段ファシリテーターをしてる獅子堂先輩はちょっと不満そうだ。宝条さんはいつもより少し張り切って見えた。

「コイバナが絡《から》むと女子はこんなもんですな」と渡辺君は僕にささやく。

「だからコイバナじゃないよ」と僕は力なく返した。

思ったよりも健全に議論は進み、次々と意見が集まっていく。結局段階を踏むという意味で、初手は「是洞さんを『お母さん』と呼んでみる」が一番当たりとしては柔《やわ》らかく、初日はこれと他二、三個の手で行くことにした。

ぼちぼち会議が終わりかけたころ、佐波がトイレから帰ってきた。ずいぶん長くトイレに行っていたものだ。しかし、その第一声は思いもよらぬもので室内を愕然《がくぜん》とさせた。

「おーい！　トイレ行くついでに、今、是洞に聞いてきたけど、是洞彼氏いねーって！」

「僕の話聞いてた⁉　彼氏希望じゃないよ⁉」

でもありがとう！　なんか安心はした！

「後、ついでに是洞にフラれたわ、俺」

「何してんの⁉」

トイレに行くついでにスナック感覚で告白する人いる⁉

「いやー、流れ的に仕方ねーじゃん？　なんで『そんなこと聞くの？』って言われれば、『じゃあ俺が立候補していい？』ってなるべ？　今俺フリーだし」

「是洞さんがOKしたらどうするつもりだったの⁉」

佐波はむしろ「僕の質問の意図がわからない」という顔をする。

「そりゃ付き合うよ。だってキタローは好きじゃないんだろ？　じゃあ、いいじゃん。俺と是洞が付き合えば、是洞に『キタローがドMだから軽蔑の目で見てやってくんね？』ってお願いできるべ」

「最低だよ！」

「おう、NTR。破壊すべき文化ですなぁ」

渡辺君がそう言ったけど、僕に気を使ってそう言ってるだけで本当はそのジャンルも好きなことは知っている。僕は苦手だけど。宝条さんが険しい顔で佐波を見る。

「そもそも佐波さん。貴方《あなた》は是洞さんが好きだったのですか？」

「ん？　別に好きじゃねぇけど？　割とかわいいとは思うけど、ちょっと癖あるから、微妙に好みじゃねぇな」

「じゃあ、なぜ告白したんですか？」

「別に好きだから告白するとかのルールなくね？　付き合えるなら告白するのありだろ？」

好きじゃないけど、告白する？　僕と宝条さんはまるで理解ができず、絶句した。

「クズめ……」

吐き捨てるように宝条さんは言い、軽蔑の眼差しを佐波に向けた。

「うおぉぉぉ⁉　ツメてー目！　え⁉　もしかしてこれが軽蔑の眼差し⁉　キタロー、悪いけどこれ、全然よくねーぞ！　怖《こえ》えーよ！」

佐波のそんな叫びで今日の倶楽部活動は切り上げとなった。明日から「軽蔑作戦」がついに始まる。すべてはギャルの是洞さんに軽蔑されるために！

◇◆◇

十八時。閉門時間までまだ余裕があるため、獅子堂と佐波は無言のまま、電子書籍を読みふけっていた。他部員は帰宅済みで二人きりであり、ドM倶楽部が偽装中の文学部らしい活動をしている瞬間であった。

「ふー。面白かったな」

読み終えた佐波が目頭を押さえ、目の前で読書中の獅子堂に声をかける。

「で、先輩。どうよ？」

「なんだ、佐波。『どうよ』とは主体性のない言葉だな」

電子書籍から視線は離さず、マルチタスクに獅子堂は佐波と会話をする。

「いや、キタローだよ。実際、是洞への感情はどう思う、先輩？」

獅子堂は嘆息すると、マルチタスクでこなす会話ではないと判断し、彼はわざわざタブレットを置いた。

「……まぁ狭間は是洞のことを好きだろうな。是洞側の感情は会ってみねばわからんが」

「でしょ⁉ なんだよ、下等とか言われたけど、同じ考えじゃん！」

下等と言われたことを根に持っているふうではない。佐波は女性関係などでは軽薄だが、底抜けの明るさから、クラスでも人気のある男である。獅子堂はほかの三人には「相容れぬ」と言ったが、考え方は異なるものの佐波との仲は実はそれほど悪くない。

「でも、好きならなんで軽蔑されたいの？　ドMってそんなもんなの？」

佐波は一般的な性癖であるが、どちらかと言えば、S寄りである。本気でドMの性癖に理解が至らず「これが普通なのか」と思い尋ねたが獅子堂は首を横に振る。

「いや。違うな。あれは狭間独自の動きだ。ドMは全員が好きな人に軽蔑の眼差しを向けられたいわけではない」

「キタロー独自の？」

「よくわからんが、狭間は自己評価が低い。自分のことをやたら低く評価している」

「あー。あいつ、自己評価超低いよな。小四か、小五くらいかな？　あいつがすげー自己評価低くなったの。それまでフツーだったのになぁ。あいつ、よく自分のことキモいとか、不細工とか、馬鹿とかよく言うけどさぁ」

佐波の言葉を獅子堂が拾い、話を続ける。

「うむ。狭間は自分を運動神経が悪く、不細工で馬鹿で気持ちが悪く、病弱な背の低い無能なドMだと思っている。だが、確かに背は低いが狭間は童顔でやや女性的な顔つきでも、かなり整ってるほうだし、一度、テストの点数を見てしまったがびっくりしたぞ。かなりの高得点、学年でも十指に入るレベルじゃないか。それに狭間は性格も優しく、気が利《き》くし、判断力と理解力が良い《い》。効率的に良く動いてくれるとても優秀な男だ。生徒会にほしいくらいだよ。まぁ実際、病弱だし、運動はできんのは、間違いないが」

「キタローがいたら照れて顔を真っ赤《まっか》にしそうだ」

そう言った佐波はさらに別のことが気になったらしく、続けざまに尋ねる。

「俺は？　俺の評価は？」

「お前は単なる糞《くそ》馬鹿だ」

「ひどい！」

「話を戻すが、狭間はなぜか知らんが、自己評価が低い。ゆえに……人を好きになるのに、臆病になっている。ところが、是洞は狭間に優しいんだろ？」

「そうだな。ぶっちゃけ両想《りょうおも》いの目、結構あると俺は思うよ」

佐波は狭間、是洞と同じクラスであるが、「是洞は誰にでも優しい」というより、「誰にでも優しく狭間には特別に優しい」というふうに見えた。

「仮に是洞が狭間を好きでも、自己評価の低い狭間にはそれがわからない。『こんなにキモい、ドMの僕を好きなはずない』という致命的な思い込みがある。『オタクに優しいギャル』は誰にでも優しく、自分を好きなわけではない、と」

「なるほどねぇ」

佐波はここまでの話には納得する。

「だから軽蔑されたいんだ」

「ん？　俺、話をスキップした？」

「スキップしてない。軽蔑の目こそ、自己評価の低い自分に向けられるべき、ギャルの正常な反応だと思い込んでいるからだ。是洞の優しい目は狭間にとって己の思考と異なるあり得ないバグみたいなものだ。軽蔑の目を向けられて、狭間にとってやっと正常化されるんだ。その考え方が己の性癖に結びついて、『自分はドMだから軽蔑されたい』と思い込んでいるのだろう。まぁ実際、軽蔑の眼差しも受けてみたいのかもしれんが」

獅子堂の話を聞き終え、佐波は目を丸くする。

「先輩すげぇな。俺、超納得しちゃったよ」

「予測にすぎんし、見当違いなら恥ずかしい限りだがな」

獅子堂は謙遜したが、佐波にはこれは確度の高い予測に思えた。

「先輩、そこまでわかってるなら、キタローにその説明してやったほうがよくね？」

「いや、時期尚早だな。狭間の内面に踏み込む問題だ。俺は彼自身が答えを見つけるべきだと思っているし、本当に事態がまずくなったら動くさ。だから今日の決定は都合がいい。段階を踏むゆえに、本当にまずいことを試すまでまだ猶予《ゆうよ》があるだろう」

そう言って、獅子堂は読書を再開した。もうすでに会話はマルチタスクで十分だと判断したのだ。しかし、本に集中できていないようでそのまま眉を顰《ひそ》め何やらつぶやく。

「しかし、是洞……是洞か。珍しい名前だし、おそらくそうなのだろうが……」

「ん？　何か気になるの？」

「いや、大した話ではない」

実は後日の事件を考えれば「大した話」なのだが、この時点では気づかない。

佐波は帰る気分ではなくなったため、もう少し本を読むことにした。

「うーん、なんかもうちょっと読もうかな。軽く読めるのねーかな？」

佐波がそう言いながらジャンル分けされたタブレットを取り出そうと吟味《ぎんみ》する。獅子堂はその背に声をかけた。

「池波正太郎《いけなみしょうたろう》はどうだ？　お前は一通り一度読んでるだろうが、アレは再読性が高く、読み口は軽妙なのに、とても濃厚で読後に満足感があるが、読書としての疲れが薄く、短編が多いから途中で切りやすい」

獅子堂に言われて狭間は指をはじく。

「せんぱーい、やっぱすげぇわかってるじゃん！　俺たち、相思相愛じゃね？」

獅子堂はここで赤面するような男ではなく、吐き捨てるように言う。

「次からはカッターナイフでも舐《な》めながら読書するんだな。無駄なお喋りはしなくなるからな」

第二章　僕はギャルに軽蔑されたい

子どものころの夢を見た。僕が小学四年のときの夢だ。

何度も見る悪夢。僕が自信を完全に失って、今みたいになってしまったきっかけの話だ。

当時、僕には好きな女の子がいた。名前は、確か、「鈴木さん」だったはずだ。僕はその思い出をできるだけ忘れようとしてて、その女の子の名前も忘れかけていた。

鈴木さんとは、結構仲良しだったと思う。いや、間違いなく、仲がよかった。放課後に互いの家に行き、二人で遊ぶ仲だった。たまに鈴木さんのお姉さんも交じってきたけど。

だけど、小学四年生のとき、鈴木さんが大阪へ転校することになってしまったのだ。

僕は好きだった鈴木さんの転校が本当に悲しくて……何かプレゼントを買って引っ越す日の当日に渡すことにしたのだ。そのプレゼントが何だったのか、思い出せないし、思い出したくもない。

運よく、車を出す直前の鈴木さんに会えた。

「鈴木さん！」

中学生の鈴木さんの姉が、興味深そうにその様子を見ていた。鈴木さんは僕とプレゼント、そしてお姉さんを一瞥《いちべつ》して複雑な表情を浮かべた。そして……。
「いらない」

鈴木さんは僕のプレゼントを封も開けずに道に捨ててしまう。僕は理解が追いつかず、ただただ混乱していた。

「あんたみたいな気持ち悪いチビ、別になんとも思ってなかった。勝手に友達面されて迷惑だった」

冷たい目を向けられ、そう言われた。

その言葉が胸の内に浸透するまで、ずいぶんと時間がかかった。

気が付けば、僕は膝をついて泣き出していた。そのときはまだ自分がMだって自覚はなかったけど、胸に悲しみ以外の不思議な感情がわずかにあったような気もする。鈴木さんはそんな僕を見て、少しだけ寂しそうな顔をしたけど、「じゃあね」と言って、車は出てしまった。その日から……僕はただの気持ち悪いチビになり、自尊心は粉々に砕かれ、自己肯定がまったくできない日々が始まった。

そこで目が覚める。時間は目覚ましが鳴る十五分前だった。

最悪の寝覚めであった。あまり夢は見ないんだけど、この夢ばかりは何度も見てしまう。

洗濯を干して、簡単な朝食を用意し、制服に着替える。

うちには二年前から母さんがいない。弟と妹はまだ小学生なので、家事を主に僕がしている。父さんも結構家事をしているが普通に勤め人なので、仕事をしながら家事をするのは大変だろう。どうしても僕の体調が悪く、一切《いっさい》家事ができない日があるのは本当に申し訳がない。

母がいたころは共働きだったけど、父だけでは三人兄弟を養うのは厳しい。僕が叔父の古着屋でバイトをしているのも、お小遣いを自主的に拒否しており、映画代やＤＶＤほか、映画配信サービスの月額払いを自分で賄《まかな》うためだ。叔父の店ももうかってはいないので、時給は最低賃金だけど、病弱でいつ休むかわからず、しかも学校終わりから閉店までのわずかな時間に雇ってくれているだけで、叔父には感謝している。

着替え終わったころ、のそのそと父が起きてきた。

うちは全員朝に強く、弟と妹も起きてきたので、朝食を始める。

「兄ちゃん、ちょっと嬉《うれ》しそうだな。なにかあったのか？」

妹には僕の表情が嬉しそうに映ったようだ。実際、一個だけ楽しみなことはある。

「秘密だよ」

はぐらかしたというか、言えるはずがない。

今日からの、是洞《これとう》さんに軽蔑の眼差《まなざ》しを向けてもらう作戦開始が嬉しいだなんて。

◇◆◇

一つ目の計画。

とりあえず、最初の作戦はジャブ。是洞さんを間違えて「お母さん」と呼ぶことから始めよう。これには一定の演技力が必要だ。僕は映画好きだけど、映画好きが演技力が高いなら、アカデミー主演賞は映画評論家が総なめしてるはずだ。

さて、どうやって自然に接触するか。

そう考えながら、通学路を歩いていると。

「キタロー君。なんか落としてるよ」

「うっわお⁉」

後ろからそう声をかけてきたのは、ほかでもない是洞さんだった。その手には僕が使ってるエコバッグが握られている。僕のカバンのサイドポケットから落ちてしまったらしい。

僕はお礼を言おうとして、朝一にして、ここが「お母さん」と呼ぶ最大のチャンスではないかと思い立つ。

「ありがとう、お母さん」

よし、自然に言えた！　僕は是洞さんを見る。是洞さんは少し目を丸くし……本当の母以上に慈悲深い目を僕に向けた。

「わかるわかる。あたしもよく先生をお母さんって言っちゃう～。あたしに甘える？」

そう言って両手を広げたので僕は赤面した。なんで⁉　普通、クラスメイトのチビにお母さんって呼ばれたら気持ち悪いだろ！　めちゃくちゃいい人だな！　是洞さんは僕の横に並ぶと、歩きながら話しかけてくる。

「キタロー君、今のエコバッグだよね？　エコバッグをカバンに入れてんの？　ウケるんだけど」

「父さんが遅い日は僕が夕食を作ってるんですよ。帰りに買い物することが多いので」

「へー。キタロー君、料理作るんだ。お母さんは？」

「あ、うち、お母さんいないんですよ」

そう言われた是洞さんは青い顔をした。しまった。そりゃさらりと「お母さんいない」なんて言っていいものではないな。……いや、そもそも、お母さんいないのに、間違って「お母さん」って、声かけるの変じゃない？　今更、設定の無理に気づいたが、是洞さんはそのことには気づいていないようで、僕に頭を下げた。

「ごめん。無神経だったかな。あのさ、お母さんは……その……ご無事、なの？」

「ああ大丈夫です。亡くなったりしたわけではないので。離婚ですよ」

それを聞いた是洞さんは安堵《あんど》したように息を吐く。

「あー、ガチでよかった！　あたし、悪いこと言っちゃったかと思った！」

そう言った後、僕の言葉を思い出し、目を丸くする。

「え⁉　離婚⁉　ガチで⁉」

「ガチです」

「お母さん、なんで離婚したの？」

ギャル特有なのかぐいぐいと踏み込んでくる。普通、そういう話ってちょっと避けたりしませんかね？

「あー。恥ずかしいんですが、母の浮気です」

「お母さんいくつのとき⁉　相手は誰⁉」

こういう話が大好きなのか、目を輝かせて話題に食いつくが突如彼女は、ハッとして、僕とは少し距離を置く。

「ごめん。あたしちょっと周りが見えてなかったかも。詮索しすぎでうざいかな」

「いえ、いいんです。母の浮気相手は父の大学の後輩でバーテンダーの男性です。母は四十歳でした。二年前の話なので、そのとき僕は十五歳です」

「お母さん、最悪じゃん！」

「えー、えー、最悪でしたとも！　母の浮気を知るまで母のことは結構好きだったし、尊敬もしてたんですよ！　それなのに、浮気がバレた後の母は本当に、浅ましく、見苦しかった！『あ、母親って特別視してたけど、この人、人間なんだ』ってすっごいショックでしたよ！　後輩と母にダブルで裏切られた父さんのショックはもっと計り知れないでしょうね！　一時期、うつ状態になってたと思いますよ」

「大変だっただねぇ……」

是洞さんは明るい彼女にしては珍しくしみじみとそう告げて、言葉を続ける。

「いや、でもキタロー君の話聞けてよかったよ。うちもさ、両親離婚してんだよね」

「え？」

それは初耳であった。

「あはは、一緒だね。うちの場合、父ちゃんがろくでもなかったんだけどさ。浮気とかじゃねぇけど、お金関係でね」

そう言って嬉しそうに笑いながら、学校に到着したので先に教室に向かう是洞さん。

ああ、なんで僕みたいなやつにそんなに明るく接してくれるんだよ。優しくされる価値なんて僕にはないんだ。早く蔑みの目で見てほしい。というよりも、見るべきだよ。

二つ目の計画。

うちの高校は文化祭の出店や出し物はクラス別ではなく、部活別である。文学部（ドM倶楽部《くらぶ》）は漫研と共同で「漫画喫茶（小説もあるよ）」を行うことになっている。それを利用した、二つ目の蔑み計画は「僕がメイド服を着せられることが決まったので、下着等込みで女装について相談する」というものである。これはなかなか気持ち悪く、まずこんな相談をされたら軽蔑の眼差しは間違いないと思っていたが、宝条《ほうじょう》さんは「だ、駄目です！　そんな相談、狭間《はざま》さんからされたらわたくしはめちゃくちゃ嬉しいです！」と反対していた。

授業の合間の小休憩、僕は隣の席の是洞さんに相談する。

「是洞さん。ちょっと相談があるんですが」

「ん？　何なにキタロー君」

席を立ち、どこかに行きかけていた是洞さんは僕が話しかけると目を輝かせて飼い主を見つけた犬のような勢いで戻ってくる。もう、そういう態度だから、「オタクに優しいギャル」とか思われちゃうんだよ。

「いえ、ちょっと文化祭の件で相談が」

「ん？　キタロー君、文学部だっけ？　なにすんの？　陸上部はわたあめだって。大所帯の割に露骨にサボったよね」

まぁ、大型の部活が大きな出店をやると他の出し物を回る人がいなくなるからね。

「やるのは漫研と共同で漫画喫茶です。実際の漫画喫茶とは違くて、本棚がある喫茶店という感じですが。宝条さんは全部タブレットにしたいみたいですね」

「へー、面白そうじゃん。遊びに行くよ」

「それで相談なんですが……」

そして、僕は女装の相談をしようとして気づく。

ん⁉　これ、実際に口に出すのがめちゃくちゃ恥ずかしいぞ⁉

僕は恥ずかしさで第一声が紡げず、赤面してうつむいて黙ってしまった。急に黙ってしまって変なやつと思われてないか？　こわごわと是洞さんを見ると、是洞さんは慈悲深い目で僕を見ていた。

「いいよ。ゆっくりで」

超優しいな、この人！　そんな目で見られたら僕は……僕は……。

（早くこの人に蔑みの目を向けられたい！）

情動に駆られて口を開く。

「あの、その、実は、その、文化祭で、その、女装をすることになりましてね。下着とかどうすればいいのかとか、相談したくて」

恥ずかしさで下を向きながらも、欲望を衝動的に早口で一気に告げる。我ながらこの発言はかなり気持ち悪い。僕は「うわ……」というような眼差しを期待して、顔を上げると。

キラキラと目を輝かせた是洞さんがいた。

「え⁉　キタロー君、女装するの⁉　見たい、見たい、ガチで超見たい‼」

僕が女装すると聞いた瞬間、是洞さんが大きな声をあげた。

「あ」

是洞さんは「しまった」という顔をするが、もう遅い。

『ざわ』と擬音が聞こえたようにクラス中がざわめく。

あっという間に、クラスのみんなが僕の周りに集まる。

「狭間、女装するってマジ？」

「似合うと思うよ。何着るの？」

「文化祭の話？　何部だっけ？　絶対行くよ！」

うわー！　普段あんまり注目を集めないからすごい恥ずかしい！　僕みたいな気味が悪い小男が女装しても、キモいだけだと思うけど！　佐波《さば》もケラケラ笑って声をかけてくる。

「マジか、キタロー！　女装すんのかよ!!　やべぇな！　ウケるわ！」

佐波は昨日、話を聞いてたはずだろ！　遠くの席の宝条さんが「ほら、言わんこっちゃない」と頭を押さえていたが、これ宝条さんの予測とはちょっと方向性が違う気もする。

ちなみに、文化祭では本当に女装をさせられるが、別の話である。

その後のお昼休憩。是洞さんが両手を合わせて僕に詫《わ》びる。

「なんかさっきはごめんね。大騒ぎにしちゃってさ」

確かにあのレベルの騒ぎになるのはちょっと想定外だった。めちゃくちゃ恥ずかしくて正直嫌だった。ドMについてよくある誤解だが、僕は羞恥を感じるのが好きではない。漫画等《など》でデフォルメされたドMのステレオタイプに、大衆の面前で辱めを受けて「見られてる」と快感を覚える描写があるが、個人的にあれはあまり一般的なドMではないと思う。そういう人もいるにはいるだろうけど、少なくとも僕は違う。自分の痴態が人目に晒《さら》されるのはむしろ恥ずかしくて嫌で嫌でしょうがない。

そして、是洞さんの次の言葉は思いもよらぬものであった。

「あ、そうだ、キタロー君。連絡先交換しよ」

「なんで⁉」

「連絡先交換しません？」は少し先の軽蔑作戦に用意してたやつなんですけど⁉

僕の言葉に是洞さんは意外そうな顔をした。

「なんでって、女装の件、相談乗れなかったじゃん。相談乗るよ」

ああ、ああ！　それか！　その件は嘘《うそ》なんですけどね。しかし言えるわけないので、僕は冷静に返すことにする。

「いや、ちょっと冷静になってみたら、やっぱり、下着は男性用でいいかなと……」

「ダメだよ‼　そういうの見た目だけじゃなく中身も大事だよ！」

「その言葉は精神性を指すもので、スカートの中は指さないと思いますけどねぇ⁉」

「あはは、やっぱキタロー君面白いねぇ！」

どんどん、女装の外堀が埋まっていく。でも、連絡先交換が嬉しくないわけではない。

これは是洞さんが好きとかそういう以前に、妹以外で初めて女性とメッセージアプリの連絡先交換をしてるからだ（宝条さんはスマホを不所持だ）。

「……」

僕はスマホを取り出し、アプリを起動して、少し操作して困ったように是洞さんを見た。

「これどうやって連絡先交換するんでしたっけ？」

僕はリアル友達が部活の部員以外いないため、滅多にメッセージアプリの連絡先交換なんてしない。ドM倶楽部のみんな（スマホ不所持の宝条さん以外）とは交換してるけど、アレは確か佐波が操作してくれたはずだ。

是洞さんは僕の発言が理解できないようできょとんとしたが、しばらくして破顔した。

「あはは、キタロー君⁉　これの連絡先交換できねーなんてどんだけだよ！」

そういうと是洞さんは「スマホ貸して」と言って僕のスマホを操作する。

「はい、交換終わったよ」

そして是洞さんは僕に軽く頭を下げる。

「ごめん、キタロー君。ちょっとスマホの壁紙見えちゃったけど、何あれ？　ピンク色の石鹼《せっけん》？　あの石鹼、使ってんの？」

その疑問は僕の良くない心に火をつけた。

「映画の『ＦＩＧＨＴ　ＣＬＵＢ』ですよ！　僕が生まれる前の古い作品ですけど、大好きなんですよね！　映画に慣れた今なら、話の予測は途中でできてしまうかもしれませんが、何しろ当時は映画見始めであの脚本にはとっても驚きまして！　いや、話の構成以上に全体を彩る暴力性に文字どおり映画に殴られたような衝撃を受けましてね！」

僕の話を聞いて是洞さんはポカンとする。しまった。映画の話題に興奮して早口でまくしたててしまった。この程度で軽蔑されるとは思っていないけど、呆《あき》れられるのは間違いない。しかし、是洞さんは微笑《ほほえ》ましいものを見るように笑みを浮かべるだけだった。

「そんな面白いなら、今度見てみるね」

「……いや、すいません。十七歳の女子に勧める映画としては尖《とが》っているので、今度別のおすすめを貸します」

しかし、是洞さんは僕の言葉に少し反応に困る素振りを見せる。

「貸しますって？　映画貸せなくね？」

「ブルーレイ見られませんか？　なければＤＶＤでもいいですけど」

この言葉に納得したように是洞さんはうなずいた。

「あー、ごめん。うちどっちもねーわ。ドラマとか映画は全部配信かツベで見てるし」

ＹｏｕＴｕｂｅに上がっている映画は軒並み怪しいからやめてほしいな。いや、最近は公式の配信もあり得るけど。

「マジですか。登録してる配信サイトを教えてくれれば、おすすめを教えますけど」

ここまで言って少し「しまった」と思う。基本的に僕は人に映画を強制しないように努めてきたのに、思わず話の流れと映画好きのサガから禁忌《きんき》を破ってしまった。勧められたほうは『見なくちゃいけない』という圧を受け、勧めたほうも『見てくれたかな？』と気に病《や》んでしまうのでいいことがあまりないのだ。

しかし、是洞さんはあまり気にかけていないようで、特に引いてもおらず、いつもどおりの笑みを浮かべている。

「じゃ、それも今度、教えてね」

是洞さんがスマホを弄《いじ》ると、さっそく通知が来る。「よろしくね！」というセリフ付きの大人気アニメキャラのスタンプだった。オタクの僕に気を利かせたのかもしれないけど、僕はあまりアニメ見ないから、どんなキャラかも知らないんだよね……。

さて、それじゃあ、緊張するけど本日の作戦、その三を始めますか。

「あれ、是洞さん、髪の毛にゴミついてますよ」

僕は咳払《せきばら》いしてそう言う。大丈夫かな。何か嘘くさくなかったかな。

「え、ガチで？　取れた？」

是洞さんは自分の髪をくしゃくしゃとする。

「取れてないですね」

取れているはずがない。そもそもゴミなんてついてないのだ。そして僕は周囲を見て、教室内の視線が僕らに集まっていないことを確認する。

「よければ僕が取りましょうか？」

そう言って僕は是洞さんに手を伸ばした。

作戦その三！　ゴミを取ると嘘をついて、気持ち悪い感じで頭をなでる作戦！

そもそも、無断で手を伸ばしたものの、気持ち悪がられれば御の字だ。しかし、是洞さんは少し照れ臭そうにしたものの、「じゃ、お願い」というと僕に頭を差し出した。

すごい緊張するが、僕は是洞さんの髪に触る。

（うわ……）

髪の毛、めちゃくちゃ柔《やわ》らかいな！　僕と全然違うぞ！　髪を染めてて、体育会系の部活だから炎天に晒されているだろうに、ケアをしっかりしてるんだろうな。

最初の趣旨を忘れて、少し夢中になって触ってしまう。

「……あの、まだ？」

是洞さんがおずおずと尋ねてきて我に返る。

「ああ！　取れました取れました！」

そう言った僕は是洞さんから手を放し、彼女の顔を凝視した。さすがに、男が「ゴミ取ってあげるよ！」って言ってきて長い時間なでてきたら気持ち悪いでしょ！

「……ありがとう」

しかし、是洞さんはなんか顔を赤くして目をそらしていた。思ってたのと違う！　むし

ろ「赤面して目をそらす」は「軽蔑の眼差し」の対義語みたいな位置じゃない⁉

「いえ、こちらこそ」

こちらこそって返しはおかしいだろ⁉　言った瞬間に気づいたけど、吐いた言葉は口に戻せない。

今、長い時間頭を触ってたけど、ほかのクラスメイトに見られていないかとあたりを見ると……宝条さんがにらみつけるように僕らを見ていた。

え。顔怖い。

僕と目が合うと、宝条さんはハッとしてそっぽを向く。

とりあえず今日のところは三発しか弾丸を準備してなかったので、軽蔑計画について、今日は終わりとしたが、放課後、ちょっとだけ事件は起きた。

僕と是洞さんは教室の掃除当番なので、机を動かそうとしたところ……。

『二年A組是洞響《ひびき》さん。二年A組是洞響さん。至急、生徒会室まで来てください』

放課後、校内放送で呼び出しを受けて、是洞さんは怪訝《けげん》そうな表情を浮かべ、周囲の友達は茶化しながら心配そうにする。

「なに？　ビッキー、パパ活でもしてた？」

「あたし純情派だからしてねーよ。いや、心当たりマジでねー。なんだべさね？　ごめん、班長。掃除お願いしていい？」

それを言うなら「純情派」ではなく、「清純派」では？

班長は了承して、是洞さんは教室を出る。首をかしげながら生徒会室に行った是洞さんは、十五分後に首をかしげながら帰ってくる。掃除は残った班員がすでに終わらせかけていた。いた。是洞さんを待って残っていた友人たち（彼女たちも他の所の掃除の当番があるはずだがサボって教室にずっといた）は彼女の周りに集まる。

「なになに、マジでどうしたの？」

「いや、わかんね。なんか間違いだってさ。カイチョーとちょっと話して帰ってきたよ。みんな掃除任せてごめんね」

是洞さんはそう言って軽く頭を下げたが、僕は呼び出しの理由がわかった。

（獅子堂《ししどう》先輩、是洞さんがどんな人か確認したな！）

職権濫用生徒会長め！　僕は軽い不満を覚えて「ドＭ倶楽部」に向かう。

◇◆◇

「ちょっと、獅子堂先輩！」

僕が「ドＭ倶楽部」に顔を出すと宝条さんしか部室にいなかった。宝条さんは同じクラスだが、彼女の班は今週「掃除なし」のため、早めに部活に来たのだろう。

「獅子堂さんなら今日は生徒会ですが」

「うわ、そりゃそうか」

生徒会から是洞さんを呼び出してるから当然だよ。渡辺《わたなべ》君は自主練、獅子堂先輩は生徒会業務、僕はバイトや家事があるので、「ドM倶楽部」は昨日みたいに全メンバー集まる日が実は少ない。宝条さんは門限が早くて長居はできないものの、ほぼ顔を出し、獅子堂先輩は生徒会業務が終われば必ず来てくれるため、出席率が一番高いのは獅子堂先輩と宝条さんだ。次点はなんと佐波であるが、そういえば今日、佐波は「カラオケ行かね？」とか昼休みに友達と話していたっけ。

僕は宝条さんの斜め前に座った。宝条さんはタブレットを置き、僕に微笑みかける。

「暇があれば、是洞さんと狭間さんの様子を窺《うかが》ってましたが、今日はダメそうでしたね」

「天使ですよ、あの人」

宝条さんは「さて」と言って立ち上がった。何をするんだろうと思って見ていると、わざわざ僕が離れて座ったのに宝条さんは僕の横に座り直す。か、彼氏がいらっしゃるなら、あまりそういうことしないほうがいいと思いますよ？　僕みたいなキモメンと距離が近いと彼氏さん、怒っちゃいますよ。

「あの、狭間さん。わたくし、前から聞きたいことがあったのですが」

さらに近づき、匂いまでかぎ取れる距離で宝条さんは言った。香水は使ってないみたいな話を聞いたはずだけど、甘い、とてもいい匂いがした。

「な、なんでしょう、宝条さん？」

「なぜ、わたくしをこの倶楽部に誘ったのですか？」

宝条さんを倶楽部に勧誘したのは僕である。渡辺君は獅子堂先輩が勧誘している。佐波は勝手にやってきて文学部として入ってしまった。

「どうして、そんなことを聞くんですか？」

「いえ、その、失礼ですが、狭間さんは女性に対して決して『あなたはMだ』とおっしゃる方ではない。この倶楽部に勧誘したということは、何か確信を持って、わたくしがMだと断じたということですよね？　その理由が何なのか気になりまして」

うーん、これはややセンシティブな話だから正直に話していいものか……少し迷ったが、宝条さんは大きな瞳でじっと僕を見ており、答えを言うまで離れてくれそうにない。

仕方なく、僕は宝条さんに勧誘した理由を語り出す。

「二点ですかね」

「二つの点で推理したんですか！　やはり慧眼《けいがん》ですね！」

いや、僕、馬鹿だと思うけど、たまたまなんだよね。

「一点目は、男子がボールでふざけて、『ボールギャグ大喜利』と称して、ボールを使ったギャグを言っていたとき、宝条さんは顔を赤らめてました。あれはボールギャグがSM

で使用する道具だと知っていたのではと判断しました」

「まぁまぁ、そこですか！　わたくしをよく見ていますね」

この理由は弱い。致命的なのは二つ目であるが、僕は二つ目の理由を言い淀《いよど》む。

「最後に……決定的でかつ、これは、その……かなり言いづらいんですが……」

「言ってください！」

宝条さんはさらに僕に近づいて息がかかるような距離で言った。

「あ、あの、い、一年の夏に宝条さん、体育を休んで見学したときありましたよね？　女子が体育を休むなんて、センシティブな理由かもしれないから誰も何も触れてませんでしたけど、あのとき、宝条さん、ジャージでしたけど、僕見えてしまったのですよ」

「え⁉　嘘⁉　見られてました⁉」

宝条さんは理由に思い至ったのか、羞恥で顔が赤くなり、目を丸くする。

「たまたまです！　たまたま！　あの日、暑かったから、ジャージ着てるの変だよなと思って宝条さんを見たら、少し胸元を開けてパタパタしてましたよね。それで、その、下心はなくて本当にたまたま」

「……」

「胸元の赤い痕、あれ、縄の痕でしたよね？」

言われた宝条さんは頭を抱えて叫んだ。

「ああああああ！　殿方《とのがた》に見られていた！　恥ずかしい！」

「か、彼氏とのプレイですか？」

「自己緊縛です！　許してください！」

叫ぶ宝条さんは清楚《せいそ》で上品な彼女にしては珍しいが、僕は別の点に驚く。

「自己緊縛は危ないですよ！　チアノーゼになっても、誰も助けられませんから‼」

「きゃあああ！　羞恥心が！　羞恥心がすごい‼　恥ずかしいぃぃぃ‼」

しばらく宝条さんは身もだえていたが、やがて意を決したように僕を見る。その目は据わっていた。

「こうなったら！　狭間さんも胸を見せてください！」

「なんで⁉　僕、胸は見てませんよ⁉」

「ならば一度縛って緊縛痕がついた胸を見せなさい！」

「よりなんで⁉」

がばりと宝条さんが僕に襲い掛かってきた。

「いいから、おっぱいを！　おっぱいを見せなさい！　これでオアイコとします！」

「キャー‼　変態‼」

宝条さんは僕を押し倒す。情けない話だけど、女性にしては宝条さんの背がやや高めというのもあり、背が低く病弱な僕は簡単に押し倒されてしまう。倒れた僕にマウントポジションを取った宝条さんは舌なめずりをする。

「うへへ、かわいい面《つら》してるじゃないですか……！」

「落ち着いてください！　僕、かわいくないですし、発言が完全に竿《さお》役のおっさんです！」

というか、これ、怖い！　ドMとか云々《うんぬん》以前に人に襲われるのってすごく怖い！　こんな恐怖体験したら、この後痴女に襲われる作品が見られなくなっちゃう！

「お、お願いします。優しくしてください……！」

このままじゃ、乱暴に服を破かれると思った僕は思わず、半泣きでそう言った。男として情けなくて仕方がない。涙目でそう言う僕を見た次の瞬間、プツンと宝条さんの中の何かが切れる音が聞こえた。ええ、確かに聞こえた。

宝条さんがケダモノの叫びをあげて、僕のシャツを力ずくで引き裂こうとして。

「話は聞かせてもらった！」

そう言って扉を開けたのは、渡辺君であった。今日は自主練だとばっかり思っていたがそうではなかったらしい。「話は聞かせてもらった！」と登場したものの、別に本当に話を聞いていたわけではなく、渡辺君はよく『ＭＭＲ　マガジンミステリー調査班』ごっこをしながら入ってくる。そして、渡辺君は「宝条さんに押し倒されて乱暴される寸前の僕」を一瞥する。

「話は聞かなかったことにしよう」

そう言って扉を閉めた。僕は慌てて、「入ってきて‼　助けて！」と渡辺君に叫んだ。

「誠に、誠に申し訳ございませんでした！」

渡辺君が宝条さんを「握手会のはがしのごとく（本人談）」力ずくで引きはがすと、ようやく落ち着いた宝条さんはさすが華道のご令嬢と言わんばかりの美しい姿勢で三つ指ついた土下座《どげざ》を僕にする。最初は「全裸土下座」をしようとして、渡辺君も「拙者出ていく？」と目線を投げてきたが、全力で拒否した。

「どうか！　このわたくしの顔をそのおみ足で踏みつけ、ブタを見るような目でわたくしを見て、罵詈雑言《ばりぞうごん》とツバを吐いてください！　はぁはぁ！」

「それ、ご自身の性欲を解消しようとしてません？　ダメですよ。ドM倶楽部の理念は紳士淑女の情報交換場所。生徒同士のふしだらな行為は禁じられています」

宝条さんは顔を上げて懇願《こんがん》するように僕を見る。

「しかし！　それではわたくしの罪悪感が収まりません！　今日からわたくしのことは『踏み台』と呼んで、高いところのものを取るのに、便利に使ってください！」

「もういいんです。人間誰しも間違える瞬間はあります。宝条さんの彼氏に見られてたら僕、殺されてましたけど」

本当は「性的に人に襲われる」ってすっごい恐怖体験で、まだちょっと震えてるけど、宝条さんを許す。しかし、僕にそう言われた宝条さんは不思議そうな顔をする。

「……彼氏？　先ほどもおっしゃいましたよね？　何のお話ですか？」

驚いたのは僕と渡辺君だった。入部初日の自己紹介で宝条さんは彼氏の話をしたはずだ。まさか別れたのか⁉

「え、宝条さん彼氏いますよね？　そ、その、もしかして別れたのですか⁉」

宝条さんは僕の言葉を吟味《ぎんみ》し、ようやく思い出したようだ。

「え？　ああ！　そのようなこと、確かに言いましたね！　あれは嘘です。わたくし、殿方とお付き合いしたことはありません」

「は？」

「ああー！　皆様、わたくしに彼氏がいると思っていたのですね！　今でこそ余計な嘘をついたと思いますが、当時は皆様のことをよく知らず、しかも倶楽部内容はかなりの変態倶楽部。Mサーの姫になってしまわぬよう、用意した自衛の手段です。佐波さんには自衛手段は有効でしたので、あの方に打ち明ける気はありませんが、渡辺さんも狭間さんも紳士。今更彼氏のいないわたくしに手を出そうとする野獣でないことは承知してますから。獅子堂さんにも折を見て打ち明けますね」

渡辺君の口が「宝条殿が一番野獣の件について」と動きかけ、口を閉じた。うーん、彼氏いないのかー。それなら、なおさら、僕みたいな気持ち悪いやつをあまりからかわないほうが良《い》いと思うけど。僕は「宝条さんが僕を好き」なんて大それた誤解絶対しないキモメンだからいいけど、もしほかの人にやったら誤解されて危険だと思うな。

「ドM倶楽部は拙者には居心地がいい場所。いつの間にか、ヤリサーになってたら拙者泣くでござるよ」

渡辺君がそう締めてホワイトボードを持ってくる。

「昨日と同じく、今日も狭間殿と『是洞殿の軽蔑の視線を受け隊』でよいでござるな。むむ、そもそも、今日はどうなったでござる？　拙者クラスが違うゆえに様子もわからぬ。もう今日で目標達成の実績解除でござるか？　ピコン！」

僕は渡辺君に今日一日、三つの作戦が全部失敗したことを告げる。

「なるほど。是洞たんは天使！　オタクに優しいギャル！　ナベちゃん覚えた！」

僕の話を聞いた渡辺君はロボットのような棒読みでそう言った。

「じゃあ、今日の議論を始めますか、獅子堂先輩遅いですね。今日は獅子堂先輩抜きで議論します？　宝条さん、進行をお願いできます？　書記は僕がやります」

渡辺君、宝条さん、僕は「二次元エロ好き」の三人であるため、三人で話すと楽しいけど、無限に無益に時間が溶けていくため、まず手始めに真面目な議論（？）の空気に持っていく必要はあった。

とりあえず、今日起きたことを羅列すると、渡辺君はまた感心したようにうなずく。

「改めて並べても、是洞たんの精神性は最早《もはや》、菩薩《ぼさつ》の域に達していますなぁ。これ、マジで加速が必要なのでは？」

　僕も賛同する。

「ですねぇ。もう些細《ささい》な行動では軽蔑の眼差しは向けてくれなさそうですよ」

「是洞たん、絶対これ、狭間殿を好きでしょ？　アニメで何度も見た展開でござる」

　それを聞いた宝条さんがなぜかつまらなそうに唇を尖らした。僕は苦笑いする。

「是洞さんが僕を好き？　そんなはずないですよ。僕みたいな人間が好かれるわけないじゃないですか」

「……その辺の話は置いといて、是洞さんに軽蔑されるように計画を進めましょう」

　宝条さんが脱線しかけた話を戻す。しかし、渡辺君が再脱線させた。

「拙者が女なら絶対に『狭間殿になら何されてもいいよ？』となる自信がありますが」

「『自分が女なら』って言う人って、なんで女性化の際に美人前提なんですかね？」

「拙者の外見のまま、女性化して『何されてもいいよ？』という話をしてた件について」

「美人前提だったのは僕だった！」

　その日の話し合いで建設的な意見は出ず、結局宝条さんのごり押しで「『可愛い犬の動画』を見せようとしてアダルト動画を見せてしまう」という作戦が実行される運びとなってしまった。獅子堂先輩には内緒だ。

　そして話がほぼ終わり、ホワイトボードを消したころ、普段よりかなり遅れて獅子堂先輩がやってきた。僕は今日、バイトはないが、家で夕飯を作る係だし、宝条さんの門限的にそろそろ解散だろうというときだった。獅子堂先輩は珍しく疲れた顔で入ってきた。

「すまん、遅くなった。パソコン部と野球部が揉《も》めていてな。仲裁がめちゃくちゃ大変だった。そのうえ、今日は決着つかずだ」

うちの高校は公立だが、それにしては野球部はそこそこ強豪である。むろん、強豪私立にはまったく歯が立たないので、甲子園出場の悲願はまだ叶《かな》っていないが、夏の甲子園大会県予選は最高ベスト16まで行ったことがある。だけど、ドM倶楽部は全員高校野球に興味がないので（佐波と獅子堂先輩は野球がちょっと好きだが、プロ野球好きであり、「甲子園ファンとプロ野球ファンは被《かぶ》ってる層も多いが意外とファン層が違うぞ」とのこと）、誰も「公立校で県ベスト16」がどのくらいすごいのかわからない。甲子園出場が決まると夏休みに応援に駆り出されるのが嫌なので、その辺は強豪じゃなくてよかったかな。

「パソコン部と野球部なんて、関連性ないじゃないですか。どうしたんです？」

「狭間殿。ありますぞ。うちの野球部はパソコン部にデータ集計を依頼しているでござる。なんか、『ワー』だか『サイバーマトリックス』だかのデータが最近は肝心らしいでござるよ」

僕が口をはさむと、渡辺君が横から補足した。プロ野球ファンの獅子堂先輩は「WAR

とセイバーメトリクスな」と訂正した。

「え、パソコン部と野球部の繋《つな》がりなんて知らなかった」と僕は驚く。

「拙者、友達がパソコン部でござるが、『横柄な体育会系に無償奉仕させられて嫌になる』って超愚痴ってましたな」

そもそも、渡辺君は高校一年生のころ、パソコン部であった。獅子堂先輩に引き抜かれて文学部（ドM倶楽部）に移籍している。渡辺君は相撲部がない高校に入ったのも不思議だけど、体育会系の部活に入らないのも不思議なんだよな。そのくせ、相撲部屋には入るつもりで鍛えているし。

「それで、何があったんです？」

僕がそう聞くと獅子堂先輩は思い出したくもないとため息をつく。

「野球部がパソコン部のPCを壊したのだ」

「ボールがぶつかったんですかね？」

「いや、うちの野球部、今年は一回戦負けだっただろ？　しかも格下相手だ。それを『パソコン部が相手高校にデータを売ったからだ！』と言い出して、バットでぼこーんだ」

「マジですか」

想像を絶する破壊方法だった。そして、その話を聞いた宝条さんがなぜか、お腹《なか》を抱えて苦しみ出した。獅子堂先輩が心配そうに見る。

「む、どうした宝条？　体調が悪いのか」

「い、いえ。獅子堂さんが、『ぼこーん』とか言ったのがその、おかしくて、ふふ」

宝条さんは笑いをこらえていただけだった。……確かに毅然《きぜん》とした獅子堂先輩が「ぼこーん」って表現は珍しい。僕も宝条さんにつられて笑いそうになる。渡辺君を見るとリスのようにほほを膨《ふく》らませ、笑いをこらえていた。それを見て、僕は「ぶふ」と噴き出してしまう。堰《せき》を切ったように僕と宝条さん、渡辺君は笑い出す。獅子堂先輩は困惑していた。

「おいおい、お前ら、何が面白いんだ。ふふ」

そう言いながらも獅子堂先輩にしては珍しく、僕らにつられて思わず笑い出していた。

みんな、しばらく面白そうに笑っていた。

確かに何が面白いのかわからないけど、空気に笑ってしまうというか、そういうものが伝播《でんぱ》してつられて笑ってしまうことはままあると思う。

「ひぃひぃ。お話を戻しましょうか。それで、野球部の皆様が、パソコンを壊したなら、話は簡単ですよね？　弁償だけさせればいいのでは？　大事なデータは戻らないでしょうから、金銭的決定が難しそうですが」

宝条さんがそう言うと、渡辺君が口をはさむ。

「いえいえ、宝条殿。HD《ハードディスク》は溶解でもしなければ、爆破してもデータ復元余裕だし」

「まぁまぁ、そうなのですか？」

　僕はあんまりパソコンに詳しくないけど、それは聞いたことがある。だが問題はもっと根深いようで、そうでなければ獅子堂先輩が一時間も生徒会活動を延長し、まだ解決に至っていないはずがない。

「それでも割られたモニター代や破損した部品代、復元の手間も費用もシャレにならん。それだけなら宝条の言うとおり、野球部に弁償させればいいが」

　獅子堂先輩は苦々しげな顔をする。

「パソコン部、マジで相手高に情報を売ってたんだ……」

　溜《た》めに溜めて、嘆息して獅子堂先輩が言い、シーンとドM倶楽部中が静まり返る。しばらく間を置いて宝条さんが「ん、ふふ」と笑い出した。渡辺君も「マジで⁉　あいつらなにをしてるのでつかね⁉」とお腹を抱えて大笑いする。僕も話の内容というか、再び場の雰囲気に引っ張られ思わず笑ってしまう。唯一、獅子堂先輩だけ、「心外だ」という顔をして僕らを見た。

「おいおい、これは何が面白い？　笑い事じゃないぞ」

「ご、ごめんなさい、何かおかしくて……とりあえず、まず、パソコンを破壊した件はパソコン部がバットを全部へし折って喧嘩《けんか》両成敗にブフッ！」

　宝条さんは自分の発言中に噴き出してしまい、お腹を抱えて笑い出す。僕もパソコン部が「ソイヤー‼」とか言いながらバットをへし折ろうとしてまったく折れない絵が浮かび、思わず笑ってしまった。渡辺君もずっと笑っている。

「お前らなぁ、く、くく、あっはっはっは！」

場につられて獅子堂先輩も笑ってしまった。

結局、獅子堂先輩は話し合いに参加できず、宝条さんの門限ギリギリまで僕らは笑い合っているだけであった。「ドM」なんてもうどうしようもない変態性癖の仲間たちだが、間違いなくここには僕の青春があった。

宝条さんが門限で帰った後、渡辺君も自主練で帰る。僕も、もう少ししたら帰るつもりのタイミングで佐波がやってきた。カラオケが終わった後、律儀に顔を出したようだ。こいつは結構マジに本好きなので、意外なほど「文学部」に顔を出し、本を読んでいる。一度、「タブレット借りたら？」と言ったが、「申請書出すのが面倒だし、集中して読めることの状況が好きなんよ」と返されている。佐波は七人兄弟の結構な大家族で自室がなく、落ち着ける場所がないと嘆いていた。

「じゃ、僕もそろそろ帰りますよ」

「いや、最後に良いか、狭間。来週の秋葉原探索だが、待ち合わせ場所と時間は……」

獅子堂先輩と僕は来週日曜日に秋葉原へ遊びに行くことになっている。僕らは関東圏に住んでいるものの県民であり、都民ではないので少し遠出になる。佐波は興味深そうに僕

らの会話に割り込んできた。

「え、なになに？　アキバ行くの？　俺、行ったことねーんだよ。俺も来週日曜、暇だから付いていっていい？　何しに行くの？」

獅子堂先輩は恥ずかしげもなく答える。

「ああ。狭間によれば、アダルトゲームのほとんどはＤＬ販売されているが、それでも過去のＭ向けのゲームのいくつかはＤＬ発売されていないらしい。そのゲーム探訪だな。俺はまだまだ二次元のＭ向け作品は素人《しろうと》。個人的な狙いはメ○ビーソフトの過去作が入手できればいい」

「あ、ごめん。日曜用事あったわ。今生《は》えてきた」

そう言った佐波は興味を失ったようにタブレットに目を落とした。後日の話になるけど、当日、ちゃっかり待ち合わせ場所に佐波がいて、僕も先輩もめちゃくちゃびっくりした。

あ、というか、今思い出した！　獅子堂先輩に言いたいことがあったんだ！

「獅子堂先輩、ひどいですよ！　放課後、会長の権限で是洞さんを呼び出したでしょ！」

「すまんな。どうしても話をしてみたかったんだ。軽く話しただけに過ぎんが、確かにあれはとんでもなくいいやつだな」

「職権濫用ですよ！」

「それは名誉棄損だ。『好きな生徒に会える』は生徒会長の職権の範囲内にすぎないと思うぞ。本当の濫用は狭間の事件を握り潰し……」

　そこまで言って、獅子堂先輩は「しまった」という顔をする。実は獅子堂先輩って、たまにうっかりミスするんだよな。

　僕はこわごわと佐波を見るが、こんなときに限って佐波は僕らのほうを興味深げに見ていた。本に集中していれば周りの声が聞こえないタイプだが、まだ集中できていなかったらしい。

「え、なになに？　先輩、職権濫用したことあるの？」

　何か嬉々《きき》として佐波が聞いてくる。

「お前に言うことではない」

「えー。教えてくれないと事実不明のまま、噂《うわさ》をばらまくぞー」

「クズめ……」

　獅子堂先輩は佐波をにらみつける。二日連続で別の人から、「クズ」呼ばわりされて、軽蔑の眼差しを向けられる人っている？

「仕方がない……ではドM倶楽部設立の話をお前にしてやろう」

　こうして獅子堂先輩はドM倶楽部設立の話を……始めなかった。何かを待つようにじっと僕のことを見る。

「……？　どうしました？」

「何を言っている。話すのはお前だ、狭間」

完全に虚を突かれた。今の流れで僕のターンと思うのは無理でしょ。

「え⁉　流れ的に完全に先輩だったじゃないですか⁉」

「俺は話が下手だ」

「先輩の全校集会のお話、いつもうまいじゃないですか！」

佐波なんかは獅子堂先輩の集会演説を見て「独裁者の演説みてぇ」とそんな演説を見たこともなさそうなのに言ってたけど。

「まずアレは話ではなく、演説だし、アレは台本があってこそ。アドリブで話すのは下手だ。あと俺の話し方はどうも威圧的だ。俺の集会演説、全校アンケートで『圧が強い』が七割を占めていた。その点、お前は話が割とうまい」

「むぅ、じゃあ話しますけど」

渋々と僕は獅子堂先輩の職権濫用も絡《から》む、ドM倶楽部結成話を始める。幸い、僕が一〇〇％絡んでいる話なので、完全に説明は可能であった。

◇◆◇

これはかつての話。ドM倶楽部結成に至る過去の話。

『一年D組、狭間陸人《りくと》君。一年D組、狭間陸人君。至急、生徒会室まで来てください』

突如、校内放送で僕の名前が呼ばれ、首をかしげる。名指しで生徒会室に呼ばれるのは初めての経験だった。季節は一月末のことである。

「はい？」

僕はそうつぶやいたが、当時も同じクラスだった佐波が「キタロー、何か悪さしたの？うっかり生徒会に巣食う人間のふりした妖怪を退治しちゃった？」と言った。佐波の発言は僕にはそんなに面白いものに感じなかったけど、周囲からはやたらウケを取る。

「いや、なんだろ？　全然心当たりがないな」

不安よりも疑念が勝り、僕は色々予想しながら生徒会室に向かう。

「ふむ、貴様、いや、君が狭間陸人か」

生徒会長である高校二年生の獅子堂信念《しんねん》先輩が生徒会長のデスクにつき、入室した僕を吟味するように見る。全校集会で何度か演説を見たことがあるが、普通三年が就任する生徒会長に二年生で就任したとんでもない人で、力強く精力的に校内改善を実施し、来年の生徒会長もほぼこの人で決まりという噂もある。室内にはほかにも何人か生徒会役員がいたが、そのほとんどは好奇の目で僕を見ており、残りは軽蔑の目を向けていた。

いったいなんだ？　僕は何をしてしまったのか？

「悪いが、一対一で話したほうが彼にも都合がいいだろう。皆は退室してくれないか？

戻ってきていいタイミングで、生徒会グループチャットに連絡を入れる」

獅子堂先輩がそう命じると生徒会員たちは揃って退室する。何人かはノートパソコンを手に持っており、別室で仕事を続けるつもりのようだ。

「あの、僕、何をしたんですか？」

本当にわからない僕であったが、獅子堂先輩が単刀直入に言ったのは信じられない衝撃的な発言であった。

「君は学校で男性が責められる類の二次元アダルト画像を閲覧していたか？」

「え⁉」

それは。実はしたことがある。先週くらいか。その前日夜に「家で使用した」同人系の男性受けのエッチなCG集が、思いのほかストーリー部分が面白く、つい続きが気になり、学校のトイレで読んでしまったのだ。だけど、学校で行為に及んだわけではないし、第一、「トイレという密室で僕のスマホで見ている」のだ。普通は露見するはずがない。

僕は瞬間的に色々と頭を回転させるが、あまりに僕側の手札が少なすぎる。生徒会長がなぜ、その情報を知っているかまったくわからないので、「ごまかせるか」という判断すら不可能なのだ。

「確かに見ていましたが、僕側の事情を説明させてもらっていいですか？」

「構わん。事情を説明しろ」

僕が取った選択は「すべてを正直に打ち明ける」であった。結局、ごまかし方がわからない以上、「どこで嘘をついていいか？」も不明であるため、すべてをさらけ出し、許しを請うしかないのだ。異常性癖をさらけ出して恥をかくのは僕だが、その件についてもどのレベルまでバレているのか不明な以上、仕方がないだろう。

僕はできうる限り理路整然と事情を説明した。CG集のストーリー部分もきちんと説明する。獅子堂先輩は僕の話を聞き終えて、いくつか質問すると納得したようにうなずいた。

「いいな、狭間。覚悟が決まった瞬間、頭のギアが速まったな。話がわかりやすいやつは好きだ。ふむ、なるほど。そういう事情か」

「あの会長。差し支えなければ、なぜ僕がそういう趣向のものを閲覧していたと露見したのか、教えてもらっていいですか？」

「いいだろう。本来隠すべき手札だが、狭間は誠意をもって説明した。俺がカードを晒さぬと俺の恥になる」

獅子堂先輩は僕に事情を説明した。

先週のトイレでアダルト画像を見ていた日、僕はスマホをカバンに入れたまま倒れてしまった。元々病弱なので、こういう事はそこそこ起きる。僕はすぐに保健室に運び込まれたが、ちょうど僕の後ろの席である女子生徒の小池さんが、自分のスマホの電池が切れてしまったらしい。放課後にライブを見に行く予定の小池さんは、急いで電車経路を調べたかったらしく、たまたま後ろから僕のスマホのパスワードを見て知っていたので（これは反省点だが、わかりやすいパスワードだった）、僕のスマホのロックを解除し、ブラウザを立ち上げ……まず、「女性に玉を蹴られている男性のイラスト」が目に飛び込んできたらしい。

小池さんはその日のことがトラウマとなり、学校を休み始めた（そういえば休んでたけど、小池さんにはよくあることだから気にしていなかった）。休んでいる事情を学級委員が聴取し、学級委員が風紀委員の耳に入れ、風紀委員が生徒会に話を上げたらしい。幸い話は生徒会で止まっており、教師の耳には入っていないようだ。

僕は話を聞き終えて憤慨した。

「彼女のほうが悪質じゃないですか‼　スマホの不正アクセスは処罰されないんですか⁉」

「残念ながら、司法の場以外では感情が優先される。小池は不本意にアダルト画像を見せられてトラウマになった可哀《かわい》そうな女性であり、被害者なのだよ」

獅子堂先輩は暗に「俺も小池が悪いと思っている」という同情的なニュアンスを多分に含ませつつも、言葉では僕を否定する。

「『男性が責められる類の二次元アダルト画像』って明言してるってことは小池さんはガッツリ見てるじゃないですか！　しかも、僕、そのCG集、『玉蹴り』のシーンでブラウザ落としてないから、きちんと見なきゃそこまで行きませんよ！　言っては何ですが、小池さんは割と不真面目な不良生徒ですから、ちょいちょい長期間学校に来ないことありますよ⁉　僕、サボりの言い訳に利用された気がしてますけど！」

普段なら小池さんに対して申し訳ない気持ちが湧くはずだが、「ドM」は不可侵の聖域でそこが暴《あば》かれたことに対して僕は憤慨していた。

「被害者である小池の情報は俺も知っている。はっきり言えば狭間が言った『サボり』の可能性が高いと俺は踏んでいるが、これは小池の心を証明する問題となり、それをするのは困難だろう。彼女が『ショックを受けた』と主張すれば、それを覆すのは現状不可能だ。ふむ。しかし、狭間。お前は面白いやつだな」

獅子堂先輩はそう言うと、立ち上がり、生徒会室の入り口に向かう。

疑問符を浮かべて僕がその様子を見ていると、獅子堂先輩はそのまま内側からガチャリと生徒会室のカギを閉めてしまった。

「え⁉」

驚いてる僕に獅子堂先輩は近づき、僕の前の机に片手を置き寄りかかる。そして耳元で妖しくささやいた。

「なぁ狭間。俺と取引をしないか？　交換条件によってはお前のこの話、なかったことに持ち込める。俺にはその力がある」

そう言って生徒会長は自分のネクタイを緩めた。

吐息は耳にかかりとんでもなく色っぽい。これはとんでもないことになってしまったぞ！　まさか生徒会長がこんな極悪人だとは思わなかった！　僕のような背の低い気持ち悪い男を手籠《こ》めにするのはどうかと思うけど！

「あ、あの、交換条件って、僕に変なことするつもりですか⁉」

「む？　何を言っている？　俺にその趣味はない。ネクタイはきついから緩めただけだ」

「あ、ああ、なんだ。ごめんなさい」

なんか獅子堂先輩、雰囲気が妖しいんだよな。

「交換条件というのはとてもシンプルだよ、狭間」

そう言って、獅子堂先輩はニヤリと笑った。いったいどんな交換条件が出てくるのか？

「実は俺もMなのだが、実写派でな。そろそろ二次元の男性受けにも挑戦しようと思うのだが、何かおすすめはないか？」

……えっと。何を言っているのかは即座に理解したが、内容が内容だけに聞き違いかと思った僕は「もう一回いいですか？」と獅子堂先輩に尋ねる。

「実は俺もMなのだが、実写派でな。そろそろ二次元の男性受けにも挑戦しようと思うのだが、何かおすすめはないか？」

一字一句聞き違いじゃなかった！

「……これって真面目な話ですか？」

「俺は真剣だ。真剣に答えろ。これからの狭間の進退に関わると思え」

「そうですかぁ」

それなら、僕も真面目に挑まねばならない。僕はつらつらと語り出す。

「まず、おすすめと言いましたが、僕は自身が結構根が深い二次元系のドMだと思っています。その観点から下手におすすめを挙げるのは危険です。会長は実写派だとおっしゃいましたよね？　僕はどちらも使用しますが、実写と二次元にはやはり隔絶はあると思っています。様々な種類の隔絶が当然見受けられますが、今回に絞って言ってしまえば二次元の世界は自由自在ということです。絵にできる方が想像さえできれば、もう実現できますからね。人間なら死ぬような……実際死ぬことでも二次元は再現可能です。性癖における進化の方向性や多様性が実写とはけた違いです。僕は今、『進化の方向性や多様性』と言いましたが、これは良いように取った言葉です。つまり、二次元に対する性的欲望はブレーキのないものであり、その環境に慣れてしまうと『それが当たり前』になってしまうのですよ。例えばオタク用語に『原作レ○プ』という言葉がありますが、『レ○プ』という単語は、本来社会において忌避《きひ》すべき言葉です。ですが、このオタク用語に慣れ親しんでしまうと、うっかり電車の中などの公共の場でその言葉を使ってしまっても、本人にとってはその言葉は平常なものになっているため社会的には受け入れられていないことに気づかない。要するに、僕は平常の二次元ドM環境にいるつもりでも、僕に自覚がないだけでそれは過激になってしまっている可能性があるのです。僕はマイルドな物を先輩に勧めるつもりですが、『僕の主観においてマイルドだと思ったが、劇薬』の可能性は否定できない。その観点から僕が会長に忠告したいのは『失望をしないでほしい』ということです。とにかく二次元コンテンツにおける多様性は多大です。必ずや二次元において、会長が満足できるものは存在します。さて、おすすめの作品ですが、先輩はほぼ二次元に対する耐性がないと見受けますが、それでしたら、まずは同人誌や個人の単行本ではなく、出版社が出しているM向けアンソロジーコミック誌をおすすめします。様々な作家が書いてますから間口が広く、基本的には出版社が絡むのでそこまでニッチではないはずです。気になる作家がいればその人の作品を買えばいいと思います。ただ、最近は出版社もニッチ需要を理解しており、かなり専門的なアンソロジーコミック誌を出すこともあるので気を付けてください。その手のアンソロジーコミック誌の多くは『数うちゃ当たる』という試行の元、下手したら一、二冊を出して廃刊というケースが多い。そして、このアンソロジー誌は下手な同人誌よりもマニアックで尖《とが》った内容だったりします。ちなみに僕はまだ界隈《かいわい》においてニッチジャンルである『逆NTRもの』アンソロジー誌を出して、ちゃんとした出版社が逆NTRもののコミックアンソロジー誌がかなり好きなんですが、ちゃんとした出版社が逆NTRもののコミックアンソロジー誌を出して、目を丸くしました。まだ相当なニッチジャンルのこのコミックアンソロジー誌はたったの二号で廃刊になってしまい、とても悲しかったです。ジャンルがニッチすぎるゆえに作家さんもまだ試行錯誤の段階の作品が多かった印象ですが、こうしてカオスから徐々に余計な肉がそぎ落とされ、ジャンルというものができていくのですね。僕は結構色仕掛けジャンルが好きなんですが、なんと驚いたことにこのジャンル……」

「狭間！　待て！　待て狭間！　ステイ！　ステイ！」

獅子堂先輩が僕を止めた。僕はニッコリと笑って話を止めて、喋《しゃべ》りながら記述していた紙を渡す。

「リストアップ、終わりました」

「む？」

「ＤＬ販売されており、入手が容易で比較的穏やかなＭ向け作品を選んだつもりです。ただし特にＭ向けジャンルの歴史は長く、お話のとおりジャンルは先鋭化してますので、僕にはやや緩い作品ですが、先輩にはキツイかもしれません。逆に緩い場合も、そのときは言ってくだされば調整します」

「喋りながらリストアップしていたのか。本当に優秀だな」

獅子堂先輩はリストを受け取り、「うむ」とうなずく。

「ふむ。交渉成立だな。とりあえず生徒会としては、貴様の処分を風紀委員に報告しなければいけない。『狭間自身に心当たりはまったくなく、友人が狭間に対して仕掛けた悪戯《いたずら》をたまたま小池が見てしまった。これは友人含めて事実確認が取れている。友人に対しては個人で呼び出してすでに説教済み。その友人の頼みで友人の個人情報は秘す』というところでどうかな。小池のゴネも想定して、『小池がメンタル的に登校できないなら、スクールカウンセラーも紹介する』と言おう。仮病《けびょう》なら、これで青ざめるだろうし、トラウマが真実ならメンタルケアは必須だ」

　僕はそれを聞いて少し首をかしげた。

「架空の友人は怪しくないですかね？　露骨に隠蔽を計ったように見えますが」

「怪しくない。なぜなら、俺というフィルターを一度通しているからだ。生徒会役員、風紀委員共にこの獅子堂信念は誠意のある男だと浸透している。俺が貴様をかばい、隠蔽工作を計ることを誰が疑うか？　俺が『狭間は悪くなく、友人がやった』と言えば、友人がやったのだ。皆、俺を清廉《せいれん》潔白だと思っておるわ！　ふはは！」

　目の前で隠蔽工作をしながら清廉潔白を謳《うた》い、高笑いする獅子堂先輩。そしてしばらく笑った後、「ふむ」と顎に手を置く。

「だが、狭間の言うとおり、友人という設定は少し甘いかもな。周囲の説明には『個人情報を隠してほしい友人』で押し通すが、もし詳細を詰められた際の適当なサクリファイスを作りたいな。誰か適役はいないか？」

「あ、僕と同じクラスの佐波義冬《よしふゆ》がいいと思います。割と悪戯を仕掛けてきますし。このレベルの悪戯は彼にしてはやりすぎですけど、それは長い付き合いの僕だからそう判断するのであって、周囲は『佐波ならやりかねない』と納得すると思います」

「なるほど。では、もしもの際にはその佐波に涙を呑《の》んでもらうか」

結局、架空の友人が探られることはなかったので杞憂《きゆう》に終わった。佐波と獅子堂先輩は文学部で初対面となるが、実はこの段階から先輩は佐波のことを知っていた。

「でも、これだけじゃないですよね？　わざわざ二次元のM向け作品を知りたいだけで、清廉潔白な会長がリスクを冒し不正を働くはずがない」

僕がそう尋ねると、獅子堂先輩はニヤリと口角をあげる。

「やはり、頭が良いな。生徒会にほしい人材だ」

「買いかぶりすぎです。僕はそんなに大それた人材ではないです」

「狭間を呼んだ実情を話そう。俺の所属部活は文学部だが、俺以外は全員三年でな。皆、今年で卒業し、部員は俺のみ、このままでは廃部となる。そこで、俺は考えた」

文学部に僕を勧誘するつもりだろうか。小説は読まないけど、今は帰宅部だし、幽霊部員としてなら悪くないかなと思っていたら、獅子堂先輩の発言は斜め上のものだった。

「文学部を私物化し、裏で『ドM倶楽部』にしようと思ったのだ」

「なぜ⁉」

「情報交換がまず第一だが、真の目的はストレス解消だ。この学校は俺にとってストレスが多すぎる。そこで、ドM倶楽部の存在だ。そんな存在だけでどれだけ俺のストレスが緩《かん》和《わ》されるか！　状況だけで最高に面白いじゃないか。真面目な俺が裏ではド変態倶楽部の部長だぞ。溜飲《りゅういん》が下がるわ！　わっはっは！」

確かに獅子堂先輩の立場はストレスが多いかもしれない。獅子堂先輩が生徒会長になってから、学校はよくなっているが、めちゃくちゃ多方面に介入して努力する姿が見られる。

同時に僕はある疑問が湧き上がった。

「そもそも、獅子堂先輩、獅子堂グループ会長の孫で、超エリートですよね？　なぜ、こんな平凡な高校に通ってるのですか？」

そう言われて獅子堂先輩はやや遠い目をした。

「学歴は所詮大学しか見られない。高校はどこでもいいと思っていた。この高校は大叔母の家から近かったのだ。文字どおり、目と鼻の先だ。大叔母は偏屈で一族から距離を置いている変わり者だが、俺にだけは妙に優しかった。高齢で病気持ちのくせに医者嫌いでな。その面倒を毎日見たく、この高校を選んだ」

「その……大叔母さんは？」

「実は先月亡くなった。来年には三年で、次期生徒会長もほぼ内定していて、今更転校もなかろう。楽しい三年目を迎えようとドM倶楽部を設立したいのだ。なぁ、狭間」

そう言って、獅子堂先輩は僕の肩に手を置く。

「手伝ってはくれないか？　俺には君が必要なんだ」

耳元でささやくようにそう言った。「獅子堂生徒会長は人たらしだ」という噂は流れていた。高圧的で威圧的な会長が人たらしとはとても思えなかったが、実際に肩を摑《つか》まれて耳元でささやかれると「たらされる」。

「は、はい！　僕でよければ！」

話を聞いて事件をもみ消してもらったものの、ドM倶楽部なんて手伝う気はなかったのに、いつの間に僕は了承していた。

「よかった。口が堅くて頭の良いMを探していたとき、ちょうど狭間の案件を耳にした。成績や評判は良好、そして事件の元となった性癖から狭間をMだと見越した。実際に話してみて優秀だとわかったしな」

「買いかぶりすぎですよ。僕は無能で、どうしようもないやつなんです」

「む？」

それを聞いて獅子堂先輩はやや怪訝そうな顔をする。後々の話になるが、先輩は僕を過大評価するふしがある。僕は正当に自己評価をしているつもりなのに、どうも先輩の評価とかみ合わない。

「では、目下のところは部員探しですね。ほかに候補はいますか？」

「いや、残念ながら。うちの高校は最低五人以上で部活、四人以下は同好会扱いだが、我

が高校でも文学部は伝統のある部活。教師陣を説得して四人でも良いようにはしている
が、候補は俺とお前しかいない」
勝手に佐波がやってきて五人集まっているので、この事前工作は杞憂だったが、結果論
だろう。
「四人。後二人ですか」
「俺と狭間で、一人ずつ集めなければならないが、なかなか、難題だな」
僕は顎に手を置き、少し考える。頭の中にはすでに二人候補がいた。
「二人、候補がいます」
「ほう。いきなり部員数に達したな」
獅子堂先輩は少し目を丸くする。
「一人は渡辺君です。渡辺は学年で何人かいますが一番有名人の渡辺です。相撲の人です
けど、知ってますか？」
「渡辺か。相撲部屋に勧誘されてるやつだろ？　有名人だな。なぜ、Mだと思った？」
獅子堂先輩は渡辺君を知っていたが、Mだとは思っていなかったようでやや驚いて眉を
あげる。
「確証は薄いのですが……渡辺君、一回友人同士でふざけ合ってて、『拙者ドMですか
らぁ』と言ってたんですよ。そういうのは大概悪ふざけの慣用句で、ガチ勢ではないこと

が多いのですが、その後の渡辺君の話は芯が通ってて、なんとなしに『たぶん、この人マジのドMだな』という感じがしました。ただ、それだけですが」

「ふむ。渡辺の身辺調査は容易《たやす》いだろう。身辺調査が問題なければ、勧誘もしてしまおう。俺に任せてくれないか？　もう一人は？」

「もう一人は……」

もう一人。宝条さんはMだとほぼ確信している。しかし、クラス一……いや、下手すれば学年で二番目（学年一番の美人は風紀委員で確定している）の美人に対して「あなたはMだ」と宣言することは、間違っていたら人生が詰むし、間違えてなくても詰む可能性がある。僕は悩む。悩むが。自分の感性を信じることにした。どうせチビでキモくて詰んでる人生だ。今更なんだ。

それに、宝条さんは一人のとき、とても物憂げで寂しそうな顔をしていることがある。

僕はなんとなく、彼女を仲間にしたかったんだ。

意を決して、先輩を直視した。

「あの、その、その倶楽部、入部は女性でも構いませんか？」

「女性？　女性のドMだと？　間違いないのだろうな？」

「おそらく、間違いないと思います」

こうしてその後、先輩は渡辺君を勧誘、僕は宝条さんを勧誘してドM倶楽部は結成される。何度も言うが、佐波はなぜか来た。

だがそれは後日の話。結成を決めた日、獅子堂先輩と僕は二人で倶楽部の話を詰めた後、話は益体もない性癖の話へシフトした。

「狭間、狭間はどういうジャンルが好きだ？」

「最近は女怪人誘惑物ですね」

「女怪人誘惑物⁉」

獅子堂先輩は絶句して復唱した。

「ええっとですね。平たく言えば、ヒーローが女怪人に性的な誘惑をされて、乗ってしまったら世界が危ないみたいなジャンルです。女怪人の見た目は人外度が強いほど好みです」

「なるほど。二次元は広いのだな……」

「先輩は？　どういったものが好きなんですか？」

「実写の話だが、実は俺は結構なハードSM物が好きでな。このジャンルは意外と選択肢がなくて困る。ハードSMが好きな理由に『男優がおそらく本物のMであることが担保されている』のが大きいと思う。俺はどうも男優に感情移入してAVを見るから、ソフトM物は、よく男優に対して『こいつ本当にMなのか？』と疑いの目で見てしまい、感情移入ができない。男優に刺青が入ってたりしたらもう最悪だ」

大真面目な顔して「来期の予算」を語るように自らの性癖を暴露する先輩。

「あー、僕は特に男優に感情移入とかは考えたことなくて、作品全体を俯瞰《ふかん》で見てる感じですね」

「あとはM系のコスプレ物はよく見るが、最近の当たりは女教師物だな。こう、叱りの演技が大変良くて……」

◇◆◇

「ちょっと待てちょっと待て！」

過去話が僕と獅子堂先輩のどうしようもない性癖の話になったとき、ずっと聞いていた佐波が割り込んできた。さっきから「話に割り込もうとしている」気配は感じたが、僕が隙《すき》を与えなかったのだ。

「俺、犠牲者にされてたの⁉　聞いてないんだけど！」

「そりゃ言ってないからな。あのときはまだお前のことを知らなかったが、知っていれば表立ってお前を真犯人（偽）に仕立て上げ、確実に息の根を止めたのだが」

「いくら俺でもそんな股間《こかん》を蹴られてるようなガチのやつは選ばないって！　もっとソフトなの選んで、『ひゃあ！　こいつ学校でエロ画像見てるぜ！』ってからかうよ！」

「その手の悪戯はするのだな」

佐波が怒り出すが、まぁ当然だろう。さすがに僕らが悪い。まさか、職権濫用の話がそのまま自分が関係有りとは佐波も思わなかっただろう。僕はフォローを入れる。

「大丈夫だよ、佐波。友人が誰か深掘りされなかったから、設定は杞憂に終わったよ」

まぁ、聞く人が聞けば「佐波だろうな」と推測はつくと思うけど、そこは黙っておく。

「あ、そうなの？　じゃ、まぁ別にいいや」

佐波はそう言って、タブレットに視線を落とす。単純で馬鹿だと言われているが、この辺の切り分けの気持ち良さがクラスメイトからの人気の秘密だろう。小説を読むのを再開したということは、「これ以上昔話を聞く気はない」という佐波の意思表示だ。

「いいのか？　この後、趣味嗜好の話が延々と続き、俺たち四人の結集話になるが」

「いや、いつも聞いてっから延々とお前らの性癖の話は聞きたくねーし、結成した近辺はなんとなく知ってるからいいや」

何のかんの佐波も結成五日後くらいにやってきた「ドM倶楽部オリジン」メンバーである。佐波は「変態共が」と悪態をつき、メンバーから「クズが」と悪態をつかれつつ、きっちり「非ドM」でありながら、この倶楽部メンバーに認められている。そして、ふと、疑問に思い佐波に尋ねる。

「そういえば、佐波の性癖は？　僕、聞いたことないな」

「あん？　俺？　俺はあれだよ。巨乳で、清純系美人のＡＶが好きだな」

佐波がそう言って、僕と獅子堂先輩は異星人を見るような目で彼を見る。

「佐波変わってるね」

「ああいうつまらん物は誰が見るのだと思っていたが、お前のような異常性癖が見るものだったか」

我慢できずに佐波はタブレットを置いて僕らに叫んだ。

「俺がマジョリティでお前らがマイノリティだからね⁉」

◇◆◇

翌日。少し重い気分で学校に向かう。

是洞さんに軽蔑の眼差しを向けさせる作戦、その四。

初日から出ていたアイディアであり、「かわいい犬の動画を見せると言って、間違ってエッチな動画を見せてしまう作戦」だ。

さすがに気が重い。是洞さんがこのことを周りに言えば下手したらもう学校にいられないほどひどい噂が立つ可能性があり、その噂はすべて真実だから質《たち》が悪い。宝条さんは「是洞さんの性格的にこのことを周りに話す可能性はかなり低いと思いますよ」って言ってたけど……。

というか、冷静に考えたら犬の動画とエッチな動画を間違えるって何が起こればそんなミスするんだよ。少なくとも僕はまずしない気がするぞ。というわけで、リアリティを少しでも上げるために、某短文投稿型SNSで犬の動画とエッチな動画をブックマークしておく。これなら見せ間違う可能性が少しは生まれるかな……。

あとは限りなく周りに人がいない環境を狙わねばならない。無理をせず、人がいない環境が作れないなら、特に今日は作戦を実行しないという意識で行こう。

……とか思っていたら驚くほどあっさり、是洞さんと二人きりになってしまった。

「おーい、是洞と狭間。コレ、化学準備室に戻してくれないか？」

化学の時間。実験があったわけじゃないけど、説明用にいくつかの器具を持ってきていた先生はそれらを指さし、僕らにそう命じた。横柄で生徒を顎で使うため、嫌われている先生であったが、今日は狙ったように僕をアシストしてくれた。

「はーい」

是洞さんと二人で、立ち上がり、結構重い実験器具の入った段ボールを持つ。教室を出る前、宝条さんのほうを見ると、無言でうなずいていた。佐波のほうを見ると、後ろの席の女子と談笑していた。あいつには昨日段階で今日の作戦説明してないからいいけど。

化学準備室にたどり着き、それぞれ元の場所に器具を戻す。

「じゃ、戻ろうか、キタロー君」

「……」

緊張で喉が渇く。うまく、喋れるかわからない。僕は意を決して声を出した。

「あ、あの是洞さん！　お話があるのですが！」

……しまった。かわいい犬の動画を見せるなんて、こんなに緊張感ある感じで喋るものでもないのに、「ちゃんと声が出せるか」という緊張感から、思わず声が裏返り、大声を出してしまった。

「は、はい！　え⁉　い、今、ここで⁉　このタイミングで⁉」

なにと勘違いしたのか是洞さんは顔を赤くして、どぎまぎしながら応対する。

「ああ、すいません。大声出しちゃって……ただ昨日、ＳＮＳでかわいい犬の動画を見まして、是洞さんにお見せしようかと……」

「あ、ああ！　犬！　犬の動画ね！　見る見る！　あたし、犬大好き！」

是洞さんは拍子抜けしたような表情をして僕に近づいてきた。

……とんでもなく緊張する。手が震える。まだ間に合う。犬の動画も用意はしてある。そっちを見せて逃げることはまだできるはずだ。こんなの見せて、是洞さんのトラウマにしたくないし、だいたい、これは僕の社会的信用を失う可能性が高いぞ。社会的信用を失ってまで、軽蔑なんてされるものじゃないだろう。

頭の中のイマジナリー宝条さんが「いえ、社会から隔絶されても、我々ドM倶楽部はあなたの味方です」とテロ組織に関わらせるときの常套句《じょうとう》のようなことを言い、イマジナリー獅子堂先輩が「狭間！　貴様も男なら男気を見せろ！」と一喝し、イマジナリー渡辺君が「狭間殿、アトリエか〇やの新作どんなんか拙者に教えて」と言った。僕は好きだったよ、イマジナリー渡辺君！

イマジナリー佐波が「終わってんな……」と呆れた声を出したが僕は仲間に支えられ、スマホを是洞さんに見せる。

……そして流したのは犬の動画ではなく、エッチな動画だった。

……ああ、終わったかもな、僕の学校生活。グッドバイ、「キタロー」というあだ名。ハロー、「ド変態片目カクレ糞《くそ》チビ野郎」というあだ名。

「こ、是洞さん、間違えました！　こ、こ、これは違うんです！　間違えました！」

十秒くらい流して何が違うのか。一応体裁《ていさい》上、僕は取り繕おうとし、動画を止めようとする。その僕の腕を是洞さんが押さえた。恐る恐る「軽蔑の眼差し」への期待を込めて是洞さんのほうを見ると……。

「へー。キタロー君も男の子だね。こういうの見るんだ？　意外だね。もっとよく見せてよ」

是洞さんはニマニマ笑って興味深そうに動画を見ていた。

「てかさ。キタロー君、ギャルのエロ動画見てるんだ。ふーん」

ドン引きさせようとそういう動画をチョイスしたのに、是洞さんはむしろ少し嬉しそうな笑みを浮かべた。

是洞さんは黙ったまま、僕の手を押さえつけて動画を見る。音声は流していないので、映像だけを食い入るように見ていた。

「あ、あの、もう、そろそろ」

僕がそう声をかけても、手で制してじっと動画を見る。

(なんだこの時間⁉)

二分くらいの長さの動画だったが、是洞さんは全部見た。僕はすぐに弁解した。

「あ、あの、是洞さん、動画間違いしちゃいまして、本当に本当にすいませんでした！」

「ははは、ウケるわ。キタロー君も血の通った男の子って知れてよかったよ」

まぁ「普段使い」のものはもっとえげつなくて、ドン引き必至のものなのだけど、それは置いておこう。

「あの、このことは誰にも言わないでください。なんでもしますので！」

「言わないよー。言うわけないじゃ……え？　なんでもするってガチ？」

是洞さんは僕の発言を拾い何かを考えるようにうつむく。是洞さん風に言うなら「ガチで」悩んでいる。え、言ってはなんだけど、なんでもするなんて、謝罪の常套句のつもりだったから、そんなに本気で悩まれると思わなかった。

「ねぇキタロー君。頼みがあるんだけどさ、いい？」

「は、はい」

何を言われるのかと思っていたが、是洞さんの口から出たのは僕の予想を斜め上に飛び越える、想像もしなかった言葉だった。

「あのさ。再来週の土曜日、あたしと動物園行かない？」

……拝啓。お父さん。女心って本当に難しいですね。僕は軽蔑されようとしたら、逆にデートに誘われました。どういう方程式が是洞さんの脳内で組まれたの？

「あ、はい。僕でよろしければ」

しどろもどろになりながらも、僕は肯定していた。「なんでもする」と言った以上、断れない。是洞さんはほっと胸をなでおろす。

「よかったぁ。キタロー君に断られたらガチでどうしようかと思った」

そう言って元気に笑う是洞さんは天使そのもので、でも、やっぱり僕は……「軽蔑の眼差しが見てみたいな」と心のどこかで思ってしまうのであった。

◇
◆
◇

「ふーん……」

宝条さんに顛末《てんまつ》を説明すると、宝条さんは目を細めてつまらなそうに一言そう言った。

ドM倶楽部の部室には宝条さんと佐波しかいなかった。獅子堂先輩は本来なら今日は生徒会活動はないはずだが、野球部とパソコン部問題で緊急招集されており、渡辺君は自主練で部室に顔を出していない。実は佐波と宝条さんしかいない日は結構多いが、黙々と二人ともタブレットを見ているだけのことが多いようだ。ドM倶楽部は基本的に仲良しだけど、間違いなく一番絡みがないのはこの二人だ。そういえば、女好きの遊び人である佐波が超絶美人の宝条さんとは、部活初期のころから距離を置いているような気がする。宝条さんが佐波を嫌う理由はわかるけど、逆はちょっと理由がわからないな。

僕は今日、バイトなので早々に切り上げなきゃいけない。

宝条さんは僕の話を聞いて何かを考えているようで佐波は読書に集中している。「後三十分くらいでバイトに向かうかな」とか考えていると、宝条さんが意を決したように立ち上がった。

「狭間さん。よろしければですが……わたくしと予行演習しませんか？」

「へ？」

「是洞さんと動物園に行くのは、再来週の土曜日ですよね？　では来週の土曜日はわたくしと動物園に行きませんか？」

……なんで？　何かとんでもないことを言い出したぞ。

「い、いや、ダメですよ。そういうの誠意がないと思うんです」

「しかし、狭間さん。失礼ながら、女性とのデートには不慣れなのでは？　是洞さんに恥をかかせてしまいますよ。部活仲間のわたくしで練習をすると良いのでは？」

う、確かにそこはちょっと思ったし、おそらく、是洞さんにリードされる形になるのは間違いなく、男として少し恥ずかしいのも事実だ。

「宝条さんは男の人とデートしたことあるんですか？」

「ないです」

ないんかい！　それではお互いに不慣れ同士、あんまり練習にならないのでは？

そもそも、全くもって誠意がないだろう。

うーん、と僕が悩んでいると、宝条さんは悲しそうな目をして上目遣《うわめづか》いで僕を見た。

「わたくしとでは嫌でしょうか？」

「来週の土曜日ですね？　行きましょう‼」

そんな目でそんなこと言われたら肯定するしかない。なんだか、非モテ男の弱点をクリティカルに突かれた気がするけど、作為的ではないと信じたい。

「では、初めてはわたくしですね」

宝条さんは泣きそうな目から一転、妖しくニマリと笑った。何か致命的に選択を誤ってしまったような気がする。

宝条さんは僕と出かける約束を取り付けると、まだ門限には早いだろうにいてもたってもいられないように、そわそわとして帰ってしまった。部室には佐波と二人きりだ。僕もそろそろバイトに行くかなと立ち上がる。

「あのさ。ちょっと聞こえちまったけど……宝条と是洞と同じ場所でデートすんの？」

佐波はタブレットを置いて僕に話しかけた。読書に夢中になると話を聞かないタイプだが、つまり、今読んでいる本は夢中になれるほど面白い本ではないのだろう。

「聞いてたんだ。やっぱよくないよね」

「いや。二股デートはクッソどうでもいいし、その点での俺からの助言は是洞との二回目は『絶対、名前を呼び間違えるな』って話くらいだ。やっぱデートしてよかったスポットってほかの子とも行きたくなるし、俺もよくやるけど六割くらい名前を間違える」

「それは佐波が馬鹿なだけだと思うけど……嫌な『経験者は語る』だな」

「でもさ。キタロー、童貞だし、彼女いたことないだろ？」

「う……悪いかよ……」

「じゃあ、助言すると。最初に付き合うなら、宝条はやめときな」

意外なコメントだった。僕はポカンとして佐波を見た。

「なんで？」

「逆に聞くけど、俺さ、文学部入って、宝条をナンパしたことねーじゃん。宝条って間違いなくクラス一の美人だろ。なんでだと思う?」

「そりゃ宝条さんは彼氏がいるから」

実際はいないが佐波は真実を知らない。

「あん?　関係なくね?　むしろ、彼氏いるやつのほうが落としやすいまであるべ?」

佐波も不思議そうに僕を見る。

こ、こいつ……!　僕と倫理観が違いすぎる!

どちらが主流なのかはわからない。「パートナーがいる人をナンパしてはいけない」は正しい倫理観であってほしいけど、佐波みたいな「倫理無用」なやつがいわば、「肉食系」って言われる人種で、僕たちみたいな人がモジモジしてるうちに世の中の女性をどんどん掻《か》っ攫《さら》ってるんだろうなぁ。

無駄に悲しくなったけど、咳払いして話を戻す。

「なんで宝条さんはダメなの?　僕に相応《ふさわ》しくないって意味ではそのとおりで、付き合うとかそういう話はおこがましいけど」

「いやー佐波君センサーが悪いほうの予感ビンビンで告げてるんだけどさ。……宝条、たぶん、めちゃくちゃ……もう、めっちゃくっちゃ重いよ」

「重いってどのくらいだよ」

佐波はしばらく考えて答えた。

「地球？」

「重すぎるでしょ！　本好きのくせに比喩《ひゆ》下手くそか！」

地球は「地球で一番重い」よ！

佐波は語彙力《ごいりょく》が本当にない！　国語の成績も普通に悪いし、こいつが読書家なのが未《いま》だに信じられない。一回、こいつの食レポをＳＮＳで見たことあるけど、「色々な味がしてうまい」と書いてあったぞ。

佐波はそんな僕の呆れた顔を気にせず話を続ける。

「キタロー、真面目だから、宝条と付き合ったら、すげぇ拘束時間増えるし、捕まって結婚まで行っちまうべ？　初めての女性と結婚まで行くの、キタローも嫌だろ？」

僕は佐波の言葉にきょとんとする。

「え、最初に付き合った女性とゴールするって別に良くない？　むしろ素晴らしいことじゃないかな？」

ずいぶんとお互いの価値観がかみ合わない日だが、今日の僕と佐波は互いに一言言い合っては、そのたび「は？」って顔をしていた。

宝条《ほうじょう》さんと動物園で遊ぶ日。当日は九月後半で、まだかなり暖かく、半そでで十分だった。

「あら？」

宝条さんは待ち合わせ場所に現れた僕を見て目を丸くする。

「どうかしました？」

「いえ、その……大変、失礼ですが、私服がイメージと違いましたので……意外とオシャレなんですね。ああ、失礼しました！」

僕の今日の服装は半そでのグレーのカラーシャツに、白い無地の厚手のTシャツ、Yラインを意識した黒いテーパードタイプのパンツに色を合わせたローファーを履《は》いていた。トートバッグはベージュだ。まぁ、正直、今日に合わせて入念に選んだのは事実だけど、普段から映画を見に行くときとかは結構オシャレを意識している。

「ああ。言いましたよね？　僕、叔父さんの古着屋でバイトしてますから……着こなしを覚えないとお客さんに助言もできませんし、叔父さんが結構服をくれるんですよ」

個人的なオシャレの基本は「清潔感があるかないか」だと思う。今日の服装も綺麗《きれい》めでピリッとしているものをチョイスしているが、すべてがクタクタだったら、宝条さんも目を丸くしていないだろう。

「そういう宝条さんも……普段着は和装だって聞きましたけど、洋服ですね」

「さすがに動物園に行くのに和服なんて着ませんよ」

古着屋の習性として、宝条さんのコーディネートを計ってしまう。ぱっと見だが、おそらくすべてチェーン展開している服屋のものだろう。黒いTシャツにジーンズ、半そでの赤いシャツを羽織っている。履いている靴もチェーン展開している靴屋で買ったようなスニーカーだ。服装とスニーカーの色も別に合っていない。

（正直、軽くダサいな……）

それでも元の素材がめちゃくちゃ美人なので、人目を引くんだけど、僕がコーディネートしていればもっとよくできるのに。とてももったいない。さすがに「ダサいのでコーディネートさせてもらっていいですか？」とは言えない。宝条さんが「今度、狭間《はざま》さんにコーディネートしてもらっていいですか？」と言ってくれれば手っ取り早かったんだけど。まぁ、僕みたいな気持ち悪い男子と遊ぶから雑なコーデで来てるんだろう。

後々わかる話だけど、僕はこのとき酷なことを考えていたと思う。宝条さんはあまり洋服を持っておらず、今日着ている服は数少ない洋服で、自由に服を買える権利もなかったのだ。

◇◆◇

「まぁまぁまぁ！　なんと愛らしい！　ああ、見てください狭間さん！　あっちには大きな鳥がいますよ！　アレはコンドルでしょうか⁉」

動物園に入った宝条さんはとってもはしゃいだ。学校ではお淑《しと》やか……でもないけど、学校にいるときよりずっと楽しそうだ。僕が楽しそうな宝条さんを微笑《ほほえ》んで見ていると、宝条さんは我に返って咳払《せきばら》いした。

「し、失礼しました！　殿方《とのがた》の前ではしたない」

「あの、もしかして動物園初めてですか？」

そう言われると宝条さんは恥ずかしそうにうつむく。

「いえ、さすがに小学生の遠足で来たことがありますけど、あのときは『楽しんではいけない』と思っていましたので、あまり印象に残っていません」

「え、楽しんではいけない？　小学生が？」

宝条さんはとても寂しそうに笑った。

「……歩きながらでいいので、少し、わたくしの話をしていいでしょうか？」

「……はい」

宝条さんは過去の話をまったくしない。「門限がとても厳しい」ことと「家が華道の大家」ということしか僕は知らない。

「わたくし、とっても厳しい家に生まれました。どのくらい厳しいかというと、漫画やゲーム等の娯楽は一切《いっさい》を禁じられ、テレビは朝のニュースと大相撲以外禁止でした。それは今でもそうです」

「え⁉　厳しすぎません⁉」

「わたくしが相撲大好きになるのは必然ですね。相撲以外の娯楽も新聞か難しい小説だけ。おそらく家にあった小説で一番娯楽性が高いのは『白鯨』だった気がしますね。友達と遊ぶにも親が事前に親御さんに電話して、友達の家がどんなおうちか調査して、わたくしと遊ぶ際の禁止リストを告げて、厳しい門限の上で遊ぶという感じでした」

僕は正直に「病《や》んでるな」と思ったけど、人の家族の話なのでそういう発言は憚《はばか》られた。宝条さんはそんな僕の表情を見て言葉を続ける。

「狭間さん。正直にわたくしの家の感想を述べていいですよ？」

僕はしばらく考えて正直に答える。

「病んでるな、と思いました」

「でしょう⁉　そうなんです！　うちの家族は病んでるんですよ！」

そういえば、宝条さんはスマホも持ってない。家族から禁止されているのだろう。宝条さんは珍しく感情的になり、うっぷんを晴らすように言い放つ。一方僕は一つの疑問が浮かんだ。

「あれ？　今日はどうやって来たんですか？　そんな両親だと男の子と遊ぶなんて絶対許可がおりないですよね？　うちに調査の電話も来てないですし」

「獅子堂《ししどう》さんがすでにわたくしの境遇を知っており、以前より獅子堂グループでダミーの友人一家を用意してくれてます。私の親が十割納得する品行方正な架空の一家だそうですよ？　馬鹿ですよね。存在もしない友人と遊んでると思ってて、実は娘が男の子とデートしてるなんて」

「デートじゃなくて、下見、ですけどね」

どうも宝条さんは僕のような気持ち悪い男をからかって遊ぶ悪い癖があるようだ。

そして猿山の前につく。宝条さんは「まぁおさるさん！　可愛《かわい》らしいですね！」と喜んでしばらく嬉《うれ》しそうに見ていたが、やがて口数が少なり、猿山をぼーっと見るようになる。気持ちはわかる。僕も猿山をぼーっと見るのは好きだ。なんというか、「人間社会の縮図感」がして見てて飽きないんだよな。

「とにかく、わたくしのおうちはとても厳しくて、箱入り娘として大切に育てられました。血を分けた娘という認識はなく、嗜好品《しこうひん》の一種のつもりだったのでしょう」

上品で温和で知的な大和なでしこが家族の一方的な思いだけで作られた末の完成品と知り、僕は……泣きそうになった。その境遇に対して、理解を示そうとしても、体験してない僕の言葉はとても浅い物だろう。宝条さんは本当に辛《つら》かったはずだ。

「……大変でしたね」

そうとしか言えない。僕には真に彼女の痛みは理解できないのだろう。軽い言葉だと自分でもわかりつつ、それしか言うことができなかった。そして宝条さんは僕の発言に斜め上の行動に出る。

「そう思うのなら、頭をなでてくださいませんか？」

「は？」

「どうぞ」

そう言って宝条さんはお淑やかに、騎士の礼の如《ごと》く左膝《ひざ》をつき、頭を差し出す。

……ええっと、どう考えてもそれは行きすぎているというか……僕は周囲を見る。膝をつき、首を垂《た》れ、頭を差し出した宝条さんを奇異の目で家族連れが見ている。僕は観念して宝条さんの頭をなでた。

「……ん。あん」

なでられる度に何か色っぽい声を出す宝条さん。僕は人目を気にしてすぐに切り上げると宝条さんはやや不満そうに僕を見た。

「まぁいいでしょう。是洞《これとう》さんの頭をなでているのを見てから、わたくしもしてもらいたかったのです」

「き、奇特な趣味をお持ちで」

「まぁ、狭間さん。今更なんですか。奇特な性癖なんてお互い様でしょ」

笑う宝条さんにそう言われて、僕も笑う。場所は猿山前からキリンの檻《おり》に移動していた。

「でも、今の宝条さん、なんていうか……その……ドMじゃないですか。いったい何があったんですか？」

「わたくしがこんなふうになってしまったのは、中学一年生のころでした。ありきたりな話ですが……学校帰りにスケべな本を拾ってしまいまして。当時はスケべな物を汚らわしいと思っていましたので、なぜそんなことをしたのか自分でもわかりませんが、その本を持ち帰ってしまったのです」

「エロ本が落ちてるなんて珍しいですね。昔は結構、落ちてたらしいですけど、今はネットがあるからほとんど見かけませんからね」

家庭事情には慮《おもんぱか》るのに、この辺のシモの話には一切遠慮がないのは、僕たちが「ドM倶楽部《くらぶ》」という特殊な部活に所属しているからだろう。

「それを読んだわたくしはハンマーで殴られたような衝撃を覚えました。そして身体《からだ》は熱く、火照《ほて》りました。『この人たちは何をしているんだ⁉』『これは絶対してはいけないことだ！』『でも、痛そうなのにとっても気持ち良さそう！』と。とにかく衝撃の連続でした。性の知識は保健体育の授業や友人の話で多少はありましたが、『生で見るインパクト』は絶大でした。あのとき、実際体温は上昇し、熱が出ていたと思います」

僕も小学五年生のころ、たまたまエッチなイラストを見てしまってとてつもない衝撃を受けた。今思えばあれはなんてことはない、そこまでエッチなものでもなかったけど、初めて見るものは絶大な印象がある。

「そして、火照った身体を冷ます術をわたくしは知りませんでした。お恥ずかしい話ですが、スケベな本を拾って四日目。ついに私は倒れて保健室に運ばれてしまいました」

「倒れた⁉　大丈夫だったんですか⁉」

「ただおかげでわたくしの人生は転換しました。保健室の先生が素晴らしい方だったんですよ。五十嵐《いがらし》先生という若い女性の先生でしてね！　学校内では評判が悪くて、『よくサボってる先生』『保健医なのにタバコを吸いまくってる』『変な性格』と散々でしたが、その、なぜか先生にカバンの中を物色されたので、スケベな本がバレましてね。それで、もう意を決して色々と……家庭事情から何から何までお伝えしたんです」

生徒のカバンを無断で物色した感じ、本当に評判どおりの適当な先生だったのだろう。

「話を聞いた五十嵐先生は大笑いしました。そして、無知なわたくしに色々なことを教えてくれまして……その、とてもお恥ずかしい話になるんですけど、自分で致す方法もそのときに学びました。五十嵐先生は保健医なのに美術部の顧問で、五十嵐先生の美術部は『学校に馴染《なじ》めない子たちを集めている』部活でしたが、わたくしをすぐに美術部に入部させ、わたくしの厳しい親に対して『いかに娘さんに美術の才能があるか』と説得までしてくださいました。本当、頭が上がりません」

「宝条さんって中学校時代は美術部に参加してたんだ」

あまりイメージにはなかったが、様にはなってると思う。超美人だから何をしても様になるけど、しかし、宝条さんは僕の言葉をやんわり否定する。

「いえ、美術部にはほぼ参加してません。親に見せる作品は全部先生の偽造でした。美術部の時間に五十嵐先生はわたくしを車で自宅まで案内してくれまして……『門限ギリギリに迎えに来るから、そのときまで好きにしてていいよ。汚したら片づけるを徹底してね』と言って、学校に戻っていきました」

確かに色々な評判は悪そうだけど良《い》い先生だなぁ、とジーンとしていると宝条さんは話を続ける。

「好きにしろ、と言われても今までの人生で好きにしたことがないので、途方に暮れましたが……ま――――慣れればとても楽しい時間でしたね!! インターネットもそのとき初めて触りましたし、先生の充実したＤＶＤや漫画を見るのもとても楽しかった！

その、自慰行為もそのときに初めてしましたが、最の高でしたね！　皆さん、ずるいですよ！　わたくしが我慢してる中、あんな楽しいことをしていたなんて！」

「宝条さん、声でかい、声でかい！」

そんな急に大声で自慰行為とか言わないで！　慌てて周囲を見るが、特に周りの人たちは僕たちの会話を聞いていないようで、僕はほっと息をつき、宝条さんは赤面した。

「わたくしったらはしたない……申し訳ありません。はしゃぎすぎてしまいました」

そして宝条さんは話を続ける。

「先生とは未《いま》だに交流を持っています。本当に……心底、わたくしの恩人です。先生がいなければ、わたくし、どこかでタガが外れて、両親と祖父母を殺していたかもしれませんから。本当に感謝しています」

さらりと恐ろしいことを言いながら話を締める。僕は「そんなことないですよ」と言いたかったが、押し倒された記憶がフラッシュバックして「あるかもな……」と思い直し、何も言えなかった。

宝条さんはそこまで話をしてにこりと微笑む。

「では、狭間さんのお話を聞かせてもらえますか？」

「え、僕のですか⁉　なんで？」

そう来ると思わなかったので驚いた。

「ずるいです。わたくしにだけ、自分の過去を話させるなんて……淫靡《いんび》で破廉恥《はれんち》です」

淫靡で破廉恥かなぁ？

「僕の話、そんなに面白い話じゃないと思いますよ？」

二人で動物園内を見て回りながら、僕は僕の話を始めた。

両親が離婚してることも話してなかったから、宝条さんは少し驚き「狭間さんも苦労なさっているのですね」と同情的に僕を見たが、彼女のほうがずっと苦労していると思う。

何のかんので割と楽しく園内を見て回り、時刻は夕方になろうとしていた。

宝条さんは門限もあるし、そろそろ解散かな、とぼんやり考えていると宝条さんが名残《なごり》惜《お》しそうに言った。

「今日はとても楽しかったですよ」

「あ、はい。僕も楽しかったです」

宝条さんは顔を伏せた。しばらくして意を決したように顔をあげる。

「ねぇ、狭間さん。狭間さんさえよければ、この後……」

宝条さんが何かを言いかけた瞬間……僕たちの背後で何かが落ちる音がした。

なんだろうと思って、僕が振り返ると……青い顔をした是洞さんがいた。足元にはバッグが落ちている。

「え？」

なんで、是洞さんがここに？　来週僕と動物園に来るんじゃないのか？　いや、でも、僕もここにいるわけだし。

「嘘《うそ》……なんで……」

是洞さんは目を見開き、僕と宝条さんを見ている。

状況がまったく呑《の》み込《こ》めなくて、思考がぐるぐる回る。

是洞さんは何か言おうとしているが、何も言葉が出てこないようだ。

宝条さんも少しだけ唖然《あぜん》としている。状況を測りかねているようだ。

三人が三人、それぞれの思惑《おもわく》で動けなかったが、だが真っ先に動き出したのは宝条さんだった。

「おや、是洞さん。こんなところで奇遇ですね。なんで、って顔をしてますが、男女が休日に二人で動物園にいる理由なんて、わたくしは一つしか想像できませんが？」

そう言って、蠱惑的《こわくてき》な表情を浮かべた宝条さんは僕の身体に寄りかかり、腕を絡《から》める。

(宝条さん⁉)

僕は動揺するが、宝条さんはちらりと意味深に僕を見た。どうも彼女は「軽蔑の眼差《まなざ》しを向けられたい作戦」をここでも実行するつもりらしい。なにか宝条さんから「それ以上の思惑」を感じなくもないけど、僕のために動いてくれているものを止められない。

是洞さんは動揺して口をパクパクして、僕と宝条さんを交互に見て、か細い声で言った。

「えっと、つまり、デートってこと、だよね？」

宝条さんは僕に絡みつけていた手を放すと勝ち誇ったような顔で是洞さんに近づき、見下すように冷たい目を向ける。

「是洞さん。これからホテルに行っていっぱいエッチなことをするので、どいていただけますか？　狭間さん、とんでもない変態ですから時間がたっぷりほしいので」

それはやりすぎではないですかね⁉　と思うものの、確かにここまで言われれば是洞さんも軽蔑の目を僕に向けるだろうなと、期待の目で是洞さんの顔を見て。

僕は膝から崩れ落ちそうになった。

是洞さんは絶望的な目をしていた。その目は深い悲しみに覆われ、今にも泣き出しそうだった。僕はこのとき、初めて、これまで己がやってきたことを、深く後悔した。心が剣で斬り裂かれたような痛みが走る。

違うんだ。こんな目をさせるために僕は頑張ってきたわけじゃないんだ。

「あ、あたし、キタロー君と蘆花《ろか》が付き合ってるなんて知らなかったからさ。ちょっと浮かれちゃって……ごめんね、キタロー君。なんか迷惑な女だったね？　あはは」

是洞さんはしどろもどろにそう言い……。

「ごめん！」

そういうと、是洞さんは走り出してしまった。

「待って、是洞さ、足速っ⁉」

陸上部女子四〇〇メートル代表を完全に舐《な》めていた。よく見ると足元はスニーカーだ。

僕が一瞬呆然《ぼうぜん》としていると、是洞さんはすごい速度で人込みをかき分け視界から消えてしまった。

僕と宝条さんはしばらくその様子を呆然と見ていた。

「申し訳ありませんでした、狭間さん。わたくし、少しやりすぎてしまいました」

真面目な表情で頭を下げる宝条さん。

「いいえ。宝条さんは僕に協力してくれただけです。僕が悪いんです」

とにかく、何もしないわけにはいかない。僕は是洞さんを追いかけようとする。

「追いかける前に一つだけよろしいですか？」

「なんですか？」

とにかく急ぎたかったので、僕は雑に返事をしたが、飛び出してきたのはとんでもない爆弾発言だった。

「狭間さん。好きです。ずっとお慕《した》いしておりました」

宝条さんは赤面してるものの、僕の顔を直視してそう断言した。

「え⁉　ええええええ⁉」

突然の告白であった。雷撃を受けたように驚く。衝撃的な事件が頻発しすぎでしょ！

頭の中で処理しきれない。

「な、なんで今⁉」

「機は今しかないからです！　おそらく、貴方《あなた》が今日、是洞さんに追いつけば、必ずや恋愛感情のぶつけ合いに発展してしまう！　願わくば、追いつかないでほしいですが、それはあまりにも邪悪な思念。でしたら、わたくしにできることは隙《すき》を見て、恋慕の思念をあなたにぶっ刺すことくらいなのです！」

宝条さんは僕の手をぎゅっと握る。その手は温かく、思わずドキッとしてしまう。

「わたくしは都合のいい二番目でも構いません。もし、フラれたらわたくしと付き合ってくれますか？　いえ、是洞響《ひびき》と対等な存在として、宝条蘆花も見てください‼」

「え、ちょっと！　そもそも告白するとかそういう話じゃないんですけど⁉」

いくらなんでも話が飛躍しすぎているうえに話の都合がよすぎる。これが詐欺でなければ何が詐欺になるんだ。僕の心の一部は警鐘を鳴らしていたが、もし本気でそう言ってるなら、この思いを無下にするのは酷だぞ、と。

「わたくしと付き合っても、家が厳しいのでなかなか今日のようなデートはできないと思いますし、それに」

宝条さんはそこで言葉を切り、恥ずかしそうにうつむいた。

「わたくし、自分で言うのもなんですが、性欲がとても強いと思います。もし付き合ったら大変だと思いますが……どうかお願いします」

「あ、あ、ひゃい！」

僕は思考が定まらないまま、ふらふらと歩き出した。

「さぁ、早く是洞さんを追いかけてください！」

背に宝条さんの激励を受け、僕は走り出した。応援したいのか、邪魔したいのかどっちなのかわからず、思考も混乱したまま僕は動物園から街へ飛び出した。

◇◆◇

宝条さんとのやり取りでかなり出遅れてしまった。すでに是洞さんの姿は見失っており、僕はよく知らない街をひたすらノーヒントで失踪したが、当然のことだけど、見つかるはずがない。そもそも、元々が病弱で体力もなく、すぐに限界を迎えた。

「ぜぇぜぇはぁはぁ」

自販機の横に寄っかかるように座り込み、息を整《ととの》える。

そんな中、僕のスマホが鳴る。獅子堂先輩からの着信であった。

『宝条から電話があった！　獅子堂グループの情報網ですでに是洞の場所は把握している！　場所は井江永《いえなが》公園だ！』

獅子堂先輩の言葉は僕が求めてやまない情報だった。

獅子堂グループの情報網、やば！　宝条さんは、スマホを持っていないので、たぶん公衆電話を使って獅子堂先輩に連絡したのだろう。

「ありがとうございます！　すぐに行きます！　大変でしたよね？」

『この程度、何、気にするな。みんな、狭間が大好きなんだ。協力は惜しまんさ』

「し、獅子堂先輩も僕に告白するつもりですか⁉」

『お前は何を言っている⁉』

スマホで地図を確認しながら、公園まで走る。元々病弱の身はすでに限界を超えていたが、心の底から湧き立つ何かに後押しされるように走る。

指定された井江永公園に着くと、是洞さんはベンチに座り泣いていた。

「こ、これと、さ、ん！」

すでに息も絶え絶えな僕はかすれた叫びをあげ、ふらふらと近づく。是洞さんは目を丸くし、ベンチから立ち上がるが、逃げるべきかどうするべきか迷っているようだ。僕は是洞さんに満身創痍《そうい》の状態で近づいた。

「ぜひゅぜひゅぜひゅ！」

ずっと走ってきたから呼吸が乱れ、喋《しゃべ》ることもままならない。そんな僕を見て、是洞さんは笑った。

「あっはっはっは！　キタロー君、すごい顔！　大丈夫？」

でもよかった。また笑ってくれた。その安堵感《あんどかん》が生まれた瞬間。僕は公園の芝に倒れてしまった。

「ガチで大丈夫⁉」

是洞さんの声が聞こえたけど、僕の脳は「再会できた安堵感」からか意識を急速に手放していた。

◇◆◇

目が覚めるとベンチの上で僕は寝ていた。頭の下が柔《やわ》らかい。ここはどこだろう、と横を向くとおへそが見えた。是洞さんだった。今日はへそ出しのシャツを着てたな。ということは頭の下の柔らかいのって。

僕は是洞さんに膝枕をされていた。慌てて起き上がろうとするが、まだ全身が痛い。

「いたたた‼」

「ああ、いいよ、まだ寝てて！　水飲む？」

僕は是洞さんからペットボトルの水を受け取ると半身を起こして、こくこくと飲む。そのまま水を飲み干すと、是洞さんは僕の半身を軽く押してまた膝枕の姿勢にした。

「ぼ、僕、何分くらい寝てました？」

「二分くらいだよ。呼びかけには応じてたから、そこまで重症ではないと思ったけど、目が覚めてくれてよかったよ。あと一分遅かったら救急車呼ぶところだった」

是洞さんは陸上部だし、急に倒れた生徒の処置には慣れているのだろう。

「あの、膝枕」

気恥ずかしそうに尋ねると、是洞さんもまた気恥ずかしそうに言った。

「あーごめんね。彼女いるのに膝枕なんてしちゃって。ここのベンチ硬いから」

そうか。まず、その誤解を解く必要があるか。

「宝条さんは彼女じゃありません」

「え？」

「僕、彼女、いないです」

まだ万全ではない僕が力なく言うと、是洞さんは目を丸くする。僕はすべてを話す意を決した。誤解を解くには、すべてを直球でぶつけるしかない。

「説明させてください」

その言葉に是洞さんも覚悟を決めたようにうなずく。そして膝枕をされたまま、僕はドM倶楽部の話をありのままに始める。

「ドM倶楽部⁉」

僕は「何を言っても驚かないでくださいね」と前振りをしたが、やはり是洞さんは驚いていた。宝条さんとは付き合ってないことの説明をしても、「じゃあなんで宝条さんはあんなことをしたのか？」の説明が全くもってできない。すべてを正直に打ち明けるしかないと思ったのだ。

僕はすべての説明を終える。是洞さんは途中、相槌《あいづち》ははさんだが、最後まで黙って聞いてくれた。そして、聞き終えた後、彼女は大笑いした。

「ガチかよ、キタロー君、ドMだったのかよ！　あっはっはっは！　すっげーウケる！　最近、ちょっとキタロー君の行動、変だと思ってたんだよね。あー、色々安心した！」

「軽蔑しないんですか？」

「軽蔑？　するわけないじゃん。そんなん、性癖なんて誰が何しようと自由でしょ」

是洞さんは太平洋のようなおおらかな度量で僕の性癖すら許容した。

「でもさ、キタロー君」

なんだ？　でも、なんだろう。

「キタロー君、本当に人間のクズだね。終わってるよ」

是洞さんの口から今までとすべてが逆転した冷たい言葉が漏れる。僕を膝枕したまま、軽蔑の眼差しを僕に向けた。

僕は。

その冷たい目線に腰が抜けるほどの興奮を覚えていた。射貫《いぬ》かれたような衝撃だった。そして不思議なデジャブを覚える。あれ？　この目を向けられるの、僕は一回目じゃないぞ。

「顔真《ま》っ赤《か》じゃん。こんなのがいいんだね。ガチでMなんだ」

是洞さんの目に温かみが戻り、ようやく、それが冗談だと知ってもどぎまぎする。

「は、はい！」

僕はなんとかそれだけ返事をしてまた乱れ始めた呼吸を整える。全神経を使って、血がある一点に行かないように集中していた。

興奮が収まらない！　わ、話題を変えなければ！　空気を変える必要がある。

「気になったんですけど。先ほどはなんで動物園に一人でいたんですか？　僕と来週一緒に行く予定なのに」

僕がそう質問すると、是洞さんは「あー」と照れたように僕から顔を背《そむ》ける。

「これ言うの、はずいんだけどさ。予行演習？　ほら、ちょっとあたし、遊んでる感あるでしょ？　で、キタロー君っていかにも遊んでないじゃん？　動物園でデートってさ。なんか流れで決めたけど、リードできなきゃ恥ずかしくない？　って思ってさ、いてもたってもいられず、予行演習しちゃったわけ」

「え⁉　是洞さんって色々な男の人と遊び慣れてるのでは⁉」

「いやいや、あたし、初めてだよ。男の子と二人っきりでデートなんて。グループで遊びに行くのはあったけどさ」

意外だった。僕はまじまじと是洞さんを見てしまう。

「言ってなかったっけ？ あたしは純情派なんだ」

「是洞さん、ちょくちょく『純情派』って言ってた気がしますが、それ、是洞さんの主張的に『純情派』よりも『清純派』とか『純愛派』が妥当な気がしますね」

「そーなん？」

純情派じゃ、はぐれた刑事みたいだと思う。

是洞さんは照れ臭そうだ。僕もそう言われると照れてしまうし、申し訳ない気持ちになる。

「しかし、ありがとうございます」

「はい？ ありがとって、何が？」

「たぶん、来週のデートも僕ではない本命と行く前の予行演習ですよね？ そんな相手に僕なんかを選んでくれて」

是洞さんはそれを聞くと少し目を丸くする。そして、「はぁ？」と急にあからさまに不機嫌になった。

「予行演習のわけないじゃん!! 本番、本番、ガチの本番だよ!!」

「またまたー。僕なんかチビで気持ち悪いだけじゃないですか。そのうえ、ドMですよ？　どうしようもないでしょ」

僕がそう言うと是洞さんはますます怒っていく。

「は？　キタロー君キモくないし、一緒に行きたいのはそりゃ、あたしがキタロー君を好きだか、ら」

そう言って是洞さんの顔が見る見る赤くなっていく。その一言を口にする気はなかったようだ。

そりゃそうだ。僕のことを好きなんて。

え？

はい？

ええええええええ⁉

「あの、ごめん。忘れて」

是洞さんは顔を赤くしてそっぽを向くが、僕は動悸《どうき》が激しくなる一方だ。

「忘れるなんて難しいですよ」

ドキドキして思考がまとまらないまま、それだけ返す。

宝条さんに告白されて、是洞さんに告白されるなんてあり得るのか？　僕はいつちょろいヒロインばかりのギャルゲーの世界に迷い込んだんだ？　今日はいくらなんでも人生の

幸運が積もりすぎている。

「じゃあ、機会を待ってちゃんと言うよ。ちゃんと告りたい。今回の告白は、そのプレオープン的な？　告白イブだと思って」

聞いたことないシステムを後出しされたけど、僕も心の準備ができていない状態で情緒が破壊されたので「告白イブ」は少し助かる。

「なんで僕なんて好きなんですか？　僕なんて、チビで気持ち悪いやつですよ」

「んなことないよ。キタロー君、顔すごいかわいいし、頭もいいじゃん。それに実は前からオシャレなのも知ってたし」

背が低いだけは否定しようがないけど、ほかは全否定するように是洞さんは言う。そして照れたようにポリポリ顎を掻《か》く。

「まぁ。最初気になった理由はさ。似てんだよね。キタロー君、あたしが子どものころ好きだった男の子に。あだ名も一緒だし」

「へぇ。きぐ、いや、なんでもないです」

実は僕が是洞さんがなんとなく気になり、「是洞さんに軽蔑の眼差しを向けられたい」と思ったのも、是洞さんが初恋の人に似ていたからだ。僕が小学校四年のときに好きだったのに引っ越してしまった鈴木さんに是洞さんは似てるのだ。

「まぁ、その子には本当にひどいことしちゃってさ。あたし、小四のとき、引っ越したんだけど、引っ越しの日にその子、あたしに贈り物くれてさ。でも、お姉ちゃんの前で受け取れなくて、仕方ないからその子の贈り物、地面に捨てちゃったんだよね。もし受け取ったら、お姉ちゃんって普通にずーーーっとあたしをからかいまくるから、それが嫌で嫌でしょうがなくて」

そこで是洞さんは寂しそうに微笑む。

「だけど、大阪行ったらその子に会わないわけだし、からかわれるのガチで嫌だったんだ」

……ん？

僕の思い出と完全に一致するぞ？

ん？　んんん？？？　さすがにここまで一致するのはおかしくないか？

「あの、是洞さん。是洞さんってもしかして名字変わりました？」

「うん。あたし、親が離婚したって話したよね」

「旧姓、鈴木だったりします？」

「え、なんで？　よく知ってるね」

ああ、そうか。そういうことだったのか。是洞さんに妙に惹《ひ》かれる理由も、軽蔑の眼差しに既視感があったのも。そうだったのか。

「その男の子、僕です」

僕がたぶん合っている自分の推測を話すと是洞さんは目をぱちくりして、本気で驚いていた。

「えええええ⁉　嘘⁉　その子、名前、北見《きたみ》だったよ！」

「じゃあ、絶対僕です。二年前に両親が離婚の際、狭間姓に戻しました。父親は婿養子《むこようし》に入ってたので、前の姓は北見です」

だから十五歳までは北見という名字と妖怪退治のプロ的な見た目でダブルミーニングのキタローだったわけだけど。是洞さんは唖然としている。

「……ガチ？」

「ガチ、です」

そういえば、鈴木さん、下の名前「ヒビキ」だった気がするけど、当時は「響」って漢字が難しくてあんまり認識できなかったし、「スズキヒビキ」っていう韻を踏んだ名前を嫌がって、名字で呼ばされてたから忘れてた。

「キタロー君。起きれる？」

気まずそうに言うので、長い膝枕を止《や》めて半身を起こしてベンチに座り直す。

「キタロー君‼　本当にごめん‼」

是洞さんは土下座《どげざ》せんばかりの勢いで僕に謝罪をした。

「へ⁉　どうしたんですか⁉」

「あたし、ずっと謝りたかったんだ！　プレゼント、捨てちゃってごめんって！　遠くに行くから、もう会わないしぃいやってあの日は思ったんだけど、ずっと、ずっと、後悔してて……胸の奥、痛くて……。会えてよかったよ！　北見君にもう一度、会いたかったんだ！　わーん！」

是洞さんは泣き出していた。「泣いてる彼女を抱き寄せる」とかをするには、僕には経験も勇気も足りない。僕はただ静かに言った。

「あの日、鈴木さんのやったことにちゃんと理由があったって知れて、とても救われた気分です。いいんです。もう大丈夫ですから」

「ううぅっぅ、キタロー君、ガチやざじぃ……！」

是洞さんから僕の胸に飛び込んできた。オシャレをした服が彼女の鼻水と涙でぐちゃぐちゃになる。もちろんそれは構わなかったけど、さらに泣いている彼女の頭をなでたりするには、やはりは僕には経験も勇気も足りなかった。

結構な時間、是洞さんは僕の胸でエグエグ泣いていたが、やがて泣き止み離れていく。

「……なんかごめんね、服、オシャレなのに汚しちゃったね」

「いえ、古着屋として言わせてもらえば『服は汚れるもの』です」

「おぉ。深い」

自分で言ってなんだけど、深いかなぁ？

そして、横に座った是洞さんは泣きはらして赤くなった目を閉じて、そっと僕の肩に頭を預ける。

その重さに思わずドキッと心臓が高鳴ってしまう。是洞さんを見ると、彼女の顔も赤くなっていて照れているのがわかった。

しばらく黙ってそうしていたが、なんだか良いムードだ。ドクンドクンと心臓が高鳴り、不思議と彼女の高揚も理解ができた。

そしてしばらくして是洞さんが顔をこっちに向けた。目を閉じたまま、唇を突き出してくる。

「ん……」

彼女が小さな声を出した。

あ、え、はい？　え、えええええ!?

ええっと、これは、その。アレですよね？　唇と唇が触れ合う？

「つ、付き合ってもいないのにそういうのはどうかと思います……！」

僕の中の精一杯の良識で声をあげる。

「でもさ、今、そういう空気じゃん……勇気出してんだよ、あたし」

是洞さんは顔を真っ赤にして唇を突き出す。

「で、でも……」

「でも、じゃないよ。キタロー君」

そう言うと是洞さんは踏ん切りがつかない僕の後頭部に腕を回した。

ゆっくりとその唇が近づいてくる。

そしてこの期に及んでしどろもどろになっている僕に唇が触れようとした瞬間。

「はいストーップ‼」

突然、宝条さんの声が響いた。僕と是洞さんは慌てて離れる。

「あ、え？　ろ、蘆花⁉」

ベンチの前に腰に手を当てた宝条さんが仁王立ちしていた。是洞さんは目を白黒させる。

腕時計を見ると結構遅い時間だ。僕は思わず叫んだ。

「宝条さん、門限は大丈夫なんですか⁉」

「ダメでしょうね。今、獅子堂さんが必死に我が家と交渉してる最中です。しかし、一世一代の門限破りを行ってよかったですよ。危ないところでした」

「ちょっと、なんで止めるのさ、蘆花！」

是洞さんが不満そうに宝条さんへ抗議した。

ちなみに宝条さんと是洞さんは普段はクラス内で仲は悪くはないが、友人というほど仲良しではない。「蘆花」と名前で呼んでるが、彼女は基本的に同級生を名前かあだ名で呼ぶ。

「まず、わたくし、こっそりお二人の話を聞いておりましたが、二人は付き合ってませんよね？　『告白イブ』なんてあほみたいなことは言ってましたが、付き合ってもないお二人が？　その場のムードでキス？　止めるでしょ‼」

宝条さんは激昂《げきこう》して叫ぶ。僕としてはその発言が引っ掛かった。

「え、なんで告白イブ知ってるんですか？」

「そりゃずっと、そこの自販機の裏に隠れていたからですよ。お茶を買おうとしてた中学生くらいの子がわたくしを見て、ビクンとしてて可哀《かわい》そうでしたね」

「隠れてた⁉　ずっとそこに⁉」

自販機はベンチのすぐ近くだ。うわーなんか恥ずかしい！　全部聞かれてたのか！

いや、全部聞かれたとは限らない。ちょうど告白イブくらいからいた可能性がある。

「ちなみにどの辺から聞いてました？」

「気絶した狭間さんが是洞さんに膝枕されてて目が覚めたくらいですね」

「ド初期じゃないですか‼」

むしろ僕と同じくらいのタイミングで是洞さんを見つけてるじゃないか‼

「悔《くや》しかったです。わたくしも乳枕で狭間さんを介抱してあげたかった！」

「それ、どういう体勢を想定してます？」

その枕は仰向《あおむ》けになった宝条さんの胸を枕にして、僕が寝転んでいる図しか思いつかない。

「え、あたし、そこの自販機でキタロー君に水買ったけど、そのときはいなかったよね？」

「是洞さんが来た瞬間、虫のようにカサカサと死角側に回り込みました」

お嬢様がやっていい動きじゃないだろ……。

「とにかく！　告白成立前の肉体的接触、ダメ絶対！」

「そんなのキタロー君の自由でしょ！　なんで蘆花が口出しするのさ！」

「そりゃ、わたくしも狭間さんが好きだからですよ？」

うわー!!　ほ、宝条さん！　言いやがった！　是洞さんの目の前で！

「は？」

是洞さんは目をぱちくりさせて、僕と宝条さんを交互に見る。

「は――――――!?」

夜の公園に是洞さんの絶叫が響き渡った。

「ちょっとキタロー君!?　どういうこと!?　蘆花とは付き合ってないって言ってたじゃん！」

「つ、付き合ってはいません！　でも、その、先ほど、こ、告白はされまして……」

「告られたの!?」

僕は気まずそうにうなずく。是洞さんは頭を抱えると「はぁ……」とため息をついた。

「もー。蘆花に告白されてるなら、そう言ってよー！」

「いや、あの状況で『でも、僕、付き合ってませんけど宝条さんから告白されてるんですよね。ははは』とか言えませんよ……」

「それもそうだけどさー！」

是洞さんは是洞さんなりに、「あの状況で僕がそのことを言うはずがない」とは理性でわかっていても、感情的に納得がいってないようだ。

「で、蘆花に告白されて付き合ってないってことはフッたんだよね？」

確認するように是洞さんが怒りながら聞いてくるが。僕は気まずそうに目をそらした。

「そ、その……へ、返事は、してません……」

「はぁ⁉ じゃあ返事もしてないのにあたしに告白されたのか、この浮気者‼」

それは浮気ではないのでは？ と反論したかったが僕は何も言えない。代わりに宝条さんが僕をかばう。

「まぁ是洞さん。あなた、付き合ってもいないんですから。浮気扱いは酷でしょう？」

是洞さんは感情面で怒ってて、宝条さんは理で説《と》こうとしている。経験上、こういうときはうまくいかないことが多いと思ってるのでハラハラして見ていると、意外にも是洞さんは一度深呼吸して落ち着いた。

「……ごめん、キタロー君。わかってたけど、なんかあたし、感情的になった……」

やっぱり、是洞さんの性根は優しいのだろう。感情的に納得はしていないながらも、この場は折れてくれた。

だけど、その後、是洞さんからはとんでもない発言が飛び出す。

「じゃあ、今、決めて」

是洞さんは不貞腐《ふてくさ》れながらそう言った。

「……。えっと？　何をですか？」

「今、あたしか蘆花かどっちと付き合うか決めて！」

え？　今ここで、どっちと付き合うか決めるの⁉

『普通に宝条だろ。だってよ、超美人だし、お前と趣味が合うだろ？　付き合った女の子と趣味が合うってマジで大事だぜ？』

イマジナリー佐波《さば》が脳内で助言をしてくる。僕は「でも、佐波この間、『宝条はやめときな』って言ってたじゃん」と反論をすると佐波は平坦《へいたん》な感情で答えた。

『この登場人物はイマジナリーです。実在の人物・思想とは関係がありません』

こ、こいつ、「この物語はフィクションです」論法で来やがった！　一〇〇％僕の想像の産物だけど、なんか現実の佐波より賢くてむかつく！

『いやいや、狭間殿！　ここは是洞殿一択ですぞ！　活発で幼馴染《おさななじ》みの是洞殿はビアンカ、お嬢様な宝条殿はフローラ、豊満な拙者はルドマン！　ビアンカとフローラで見ても大正義はビアンカ！　実に八割近くのドラクエユーザーがビアンカ派と数字が出てますぞ！』

イマジナリー渡辺《わたなべ》君がそう助言してくれるけど、今の情報でルドマンいるかな⁉

『とまぁ冗談はさておき、拙者、宝条殿は強い女性だから、フラれても立ち直れると思うんだよね。でも、拙者、是洞たんの強さは測れないから……迷うならどっちが傷つくかという観点は大事なんじゃない？』

僕のイマジナリーなのに、思いもよらなかった提案をしてくれて感心する。なるほど。確かに、宝条さんは立ち直りそうだけど、是洞さんは立ち直れるかわからないな……。

『お前の愛も苦悩もお前のものだ。他者にゆだねるな』

イマジナリー獅子堂先輩が冷たくそう言い放った。そうですね！　ごめんなさい！

『わたくし一択でしょう』

最後にイマジナリー宝条さんがそう言った。そりゃそう言うでしょうねぇ‼

後日、現実でも男三人に相談したけど八割がたイマジナリーと同じ回答でびっくりした。え、僕の中に三人とも住んでらっしゃる？

「き、キタロー君？　急に遠い目をしてボケッとしてどうしたの？」

しまった！　イマジナリードM倶楽部と会議中も現実時間は進行してた！（当たり前）

宝条さんはしばらく僕の様子を見ていたが、やがて口を開く。

「ふむ。では、建設的な提案として3Pというのはいかがでしょうか？」

「え、３Ｐ⁉」

　いきなりお嬢様からド下ネタが飛び出して是洞さんは目を丸くする。さっきも乳枕とか言ってたけど、是洞さんは聞き逃したのだろう。いや、宝条さん、倶楽部内では下ネタ大好きだけど、初めて聞いたときは耳を疑うよな……。

「あ、ああ、ごめん！　さん……ぴぃっていうのは、その、三人で遊ぼう的な意味だよね？　で、でもさ！　それ、ちょっとエッチな意味もあるからあまり使わないほうが」

「いえ、わたくしの３Ｐとは『三人で性交渉をしないか？』という意味ですが」

「直球で下品な意味だったよ‼」

　３Ｐはなしにしても、僕の中では未だに宝条さんと是洞さんの結論が出ない。悩み続けていると、宝条さんは腕時計を見てかぶりを振った。

「残念ですが、わたくしの門限破りもぎりぎり。獅子堂さんにこれ以上迷惑をかけられないので、答えは明後日《あさって》、学校で聞きましょう」

「明後日、ですか……」

　僕は難しい顔をする。後二日でこの答えが出るとは到底思えない。

「では、明後日ではなく、来週の金曜日まででいかがでしょうか？　ご自身の運命を決める選択。存分に悩んでください」

　宝条さんも僕の表情を察して期限を延ばしてくれた。

「ＯＫ、わかった。来週の金曜日ね」

是洞さんもその提案には納得したようで、僕らはとりあえず、その場で解散となる。

しかし、疲れた……。明日は獅子堂先輩と秋葉原に行くから熱が出なきゃいいけど。陰キャ映画オタクに一日で急激にモテ期が来たら疲れるよね……。いや、さすがに人生のモテ期ピークは今だと思うので、これ以上の女性から告白されることは考えにくいですけどね（ずっと後に、このときの僕はものすごく見通し悪かったと知る。このときは『モテ期ピーク』どころか、『モテ期ジェットコースター』の発進前くらいだった）。

第四章　気持ちが前向きになっても陰キャにラブコメは難しい

月曜日。

かなり早く起きてしまい、家事を早めに済ませた僕を見て父さんは少し目を細める。一昨日は動物園、昨日は秋葉原に行っており、父さんとは土日に全然会っていない。

「リク。お前、いいことあったのか？　顔つきが大人になったな」

昨日、一緒に秋葉原に行った獅子堂《ししどう》先輩と佐波《さば》にも「なんか変わった気がする」と言われた。父さんで三人目である。

「なんか……そうみたいだね」

「自信のなかった陰が落ちた。いいことだ」

是洞《これとう》さんか、宝条《ほうじょう》さんか。僕には人生の大きな命題ができたので、悩みの中で苦しむのだろうと思っていたけど、昨日から意外にも今までの苦悩がストンと抜け落ちたような爽《さわ》やかな気分だった。

僕は自分に自信がなかった。

その原因だった過去の経験が、すれ違いだったとわかり、そして二人の女性から告白されたことで、どうにも「僕は僕のままでいいんだ」と自信が付いたらしい。

さて、それはそうと、早起きしたせいで登校タイミングが早くなってしまい、少し恐々と周囲を見ながら登校する。陸上部がよく朝練で校舎周りを走ってるから、是洞さんとたまにエンカウントするんだよな。告白状態を保留にしたまま遭遇するのは少し気まずい。

「おや、狭間《はざま》殿。登校タイミングが合うとは珍しい」

「あ、おはよう」

エンカウントしたのは是洞さんではなく渡辺《わたなべ》君だった。家事のある僕は遅めに出ることが多く、渡辺君は早めに出ることが多いのでかち合うのは珍しい。渡辺君は朝早くからガッツリ一人で稽古をしてから来るので、その身体《からだ》は温まっており、シャワーは浴びてるので汗だくではないが、運動後の熱を帯びている。僕らは雑談をしながら歩く。

「秋葉原はどうだったでござる？　拙者も用事がなければご一緒したかったでござるが」

「うん。なんか、佐波が急に来てびっくりした。当初の目的よりも、アキバ観光的な感じになったけど」

僕が昨日の秋葉原観光の話をしていると、渡辺君は不思議そうに僕の顔をじっと見て、

「うむ」というと嬉《うれ》しそうに笑った。

「狭間殿、なんだか、良い《い》顔をしてるでござるなぁ。気が晴れたというか、いつものようなおどおどした感じが抜けてるでありますよ」

「うん。なんかみんなに言われるけど、そうなのかもね」

　さすがに「二人の女の子に告白されてるんですよ、うっふっふ！」なんて言えない。

　そのとき、僕らの背後で自転車のブレーキ音が聞こえる。

「よーっす、キタロー！」

　背後から声をかけられた。振り返ると自転車に乗った佐波がいた。佐波は近所に住んでるが、こいつは自転車通学、僕は徒歩通学である。近所なのに、登校時に会うのは珍しい。僕が今日は早いから余計に珍しい現象だ。佐波は自転車通学を良いことに遅刻ギリギリの常習犯で、普通ならこんなに早くに出会うことはまずないのだ。

「モーニンですな、ヨッシー。今日めちゃくちゃ早くない？」

「おはよう佐波。珍しいね。今日、めちゃくちゃ早いじゃん」

　佐波は自転車を降りて、僕らと一緒に歩きながら不敵に笑った。

「ふっふっふ。聞いて驚くな？　今日びっくりするようなことがあってな」

　何があったんだろう。「びっくりすること」って。僕は色々と予想する。

「朝、寝覚めがすげーよかったんだ」

「逆に驚く余地がなさすぎることにびっくりしたよ」

　僕がそう言うと佐波は心外だとばかりにショックを受けていた。

「いやいや、俺、朝起きるといつも超眠くて二度寝余裕なんだけど、今日は本当、スカッと爽やかに起きられたんだぜ⁉ こんなこと、年に一回もねーよ。マジでマジで！」

佐波はこう見えて、不眠症気味で苦しんでるのを知っている。僕は病弱だけど、寝覚めはいいほうだからな。

「じゃあな。アディオス諸君！ 今日はいいことあるぜー！ ふっふー！」

そう言って佐波はハイテンションで自転車に乗ると、校門に入っていく。一応、校門から先は自転車に乗ったまま入っちゃいけないんだけどな。ま、いいっか。

しかし、「自転車に乗ったまま校門を越えた罪」は速攻で裁かれた。

「ぐわー‼」

数秒後に佐波は校門から転がって飛び出してきた。なんだ？ まるで誰かに投げられたようだ。その後、驚いたことに佐波の自転車が宙を舞って飛んできた。尻餅《しりもち》をついている佐波の上を通り越して、道路に自転車が落ちる。

「ごるぁ、佐波ぁ‼ おんしゃあ、またチャリで校内に突入しよって‼ どこまでべこのかあよ《馬鹿者なのかよ》‼」

そして方言全開の女性の声が響き渡る。佐波は青い顔をして僕らを見た。

「おい、キタロー、渡辺。なんてこった。俺の早起きがこのイベントのために発生したなら、この世に神はいないな」

「もしくは神はとんでもない面白演出家でござろう」

渡辺君は神妙にうなずく。

佐波は自転車を起こし直して、自転車を引きずりながら恐る恐ると言った感じで僕と渡辺君の陰に隠れるように歩き出す。校門の中には「彼女」がいるのだ。

僕だって、彼女があまり得意ではない。

よくある誤解として「ドMは苦しいのが好き」とか「ドMは怒られるのが好き」というものがあるが、「誰に対してもそう」ではない。いや、性癖は多様だから「ただ苦しいのが好き」とか「パワハラ大歓迎」みたいな人もいるかもしれないけど、少なくとも、僕に関しては違う。僕は前提として愛を求める。是洞さんに軽蔑されるのは大歓迎だけど、それ以外の人に軽蔑されると僕は腹を立てるかもしれない。

そして、校門に待ち換えている女性の罵倒には僕は愛を感じない。

なぜなら、それは「怒りの化身」だから。

僕は「堂々としてれば問題ない」と自分に言い聞かせながら、佐波と自転車を投げ飛ばした女性の前に行く。

その女性は外国人でめちゃくちゃ美人だった。モデルかハリウッド女優さんみたいだった。腰までの長い、少しパーマがかかった金髪は、丁寧に編み込まれていた。異様にまつ毛の長い顔が浮かべる表情は悲しそうで物憂げであり、まるで「世界のあり方を悲しんでいる女神」のようであった。それは言いすぎでも、「お忍びで遊びに来ている北欧のお姫様」と彼女を紹介されても、僕は疑問に思わないだろう。彼女の周りのみ、一層澄んでいるようであり、明らかに空気が違う。

しかし、この学校で彼女を女神のように扱うものは少ない。むしろ、その対極に置く者が多いだろう。

「おはようございます！」

彼女は僕らと同じ高校二年にして風紀委員長のアリス・ウォーノック。学校一の美人で女神のような容姿の彼女が手に持っているのは見た目に不釣り合いな、竹刀《しない》であった。

アリスは見た目からは想像できない異常な声量で登校する生徒たちに挨拶をしている。その胸にはタスキがかかっており、そこには「朝の挨拶運動」と書かれていた。風紀委員による「朝の挨拶運動」が行われる日らしい。

「お、おはようございます！」

僕が出る限りの空元気で挨拶すると、アリスはにこやかな笑みを浮かべた。

「うんうん、えいぞ狭間！　いい挨拶ぜよ！」

アリスはその金髪碧眼《へきがん》の美貌に似合わない、土佐弁全開だった（なんちゃって土佐弁らしい）。アリスはイギリス生まれ、高知育ちで、今は義理の両親の都合で埼玉に住んでいる。その顔には憂《うれ》いがあり、かなりの美人のため、見た目は「儚《はかな》い雪の女王」という風貌だが、実際の性格は土佐弁バリバリの「バーサーカー」そのものである。数多くの暴力事件を起こしているが、すべて「風紀指導」としてもみ消している危険人物で、細腕に見えて喧嘩《けんか》は相当強いらしく、「男子の不良を四人倒した」だの「道場破りに成功した」だの「アリスは女子柔道部の幽霊部員だが、ふらりと参加した県大会で優勝した」だの、真偽不明の数多くの「アリス伝説」が存在している。間違いなくキャラクターデザインの発注ミスを起こしているような人物であった。

（ん、あれ？）

僕はアリスの横を通り抜けて、首をかしげる。

（さっき、狭間って呼ばれたな）

アリスは有名人だから僕はアリスを知ってるけど、アリスが僕を知ってるのはなんか意外だな。クラスも違うし、面識はないはずだけど。

「おはようございます！」

「おう、ナベ。お前は早く相撲部屋に入って両親を喜ばせるぜよ！」

渡辺君もそつなく、挨拶を終える。

そして、佐波がアリスの横を通りすぎようとした。

「ちーっす」

馬鹿なことに佐波がアリスに雑な挨拶をした。え、死にたいの、こいつ？

そして案の定、ニコニコ笑顔から全ギレしたアリスが佐波にアイアンクローをする。

「ちーっすじゃない！　おら、佐波のアホだら！　朝の挨拶は『おはようございます』じゃろが！」

「いたた！　力強っ⁉　その細腕でどう考えてもおかしいだろ！　ステ振りを筋力に全振りした人⁉」

「相当、キャラクターメイキング頑張ったでござろうなぁ……」

渡辺君がしんみりと言ったので、思わず笑ってしまい、慌てて咳払《せきばら》いするが、幸いアリスには聞かれなかったようだ。

佐波はしばらく悶絶《もんぜつ》していたが、解放されると苦しそうにしながら、挨拶をやり直す。

そして、命知らずにもまたふざけた。

「グ、グッドモーニング！」

案の定、再びアリスにアイアンクローされる。

「日本人なら日本語で話さんかい！　この、ふざけおってからに！　埋《い》めるぞ！」

「お、お前イギリス人だろ⁉」

「イギリスのことなんて覚えとるか！　わしが日本に来たとき、まだ二歳じゃぞ！　あんなわけわからん英語しか喋《しゃべ》らん国、知らん！　日本語を喋れ、日本語を！」

「すぐイギリスに謝って‼」

噂《うわさ》によるとアリスは英語の成績が2で、国語の成績は5らしい。

しばらく、アイアンクローをかけ続けていたが、僕らの脇をうつむいた暗そうな生徒が無言で通り抜けたので、アリスの興味はそっちに行った。

「おら、そこの今来ゆうおまん！　今、うつぶきこんで《下を向いたまま》わしに挨拶せんかったな！」

解放された佐波は学校裏の駐輪場に向かおうとする。僕はその背中に声をかけた。

「佐波」

「ん？」

佐波が振り返ると顔にはくっきりとアリスのアイアンクローによる赤い跡がついている。

「うっわ、佐波、指の跡が隈取《くまど》りみたいになってるけど、大丈夫？　なんで佐波は命懸けでアリスをからかうの？」

前から気になっていたけど、佐波は結構アリスをからかう。その度にめちゃくちゃ攻撃されているので「よくやるよ」と呆《あき》れていた。

そして佐波は僕の問いに即答した。

「ん？　めちゃくちゃ美人だから、一種のコミュニケーションだな。じゃれ合いだよ」

「じゃれ合いに命を懸ける価値はあるのかな。よくやるよ、マジで……」

「そもそも、キタロー、ドMなんだからお前もアリスをからかえばいいじゃん。すぐいじめてもらえるぞ」

「いや、自分の社会的立場を失ってまでやりたくないし、それに」

「それに？」

「僕は痛いのは苦手で、心理攻撃とか、テクニカルな責めが好きなんだよ。ああいう、STR《ストレングス》に全振りしてる人はちょっと」

「STR《ストレングス》全振りは違いない！」

佐波が聞こえるような大声で笑うから僕と渡辺君は「聞かれてたら制裁を加えられるぞ」とこわごわとアリスを見るが、アリスはまだほかの生徒に挨拶運動を続けていた。

いや、しかし、なんでまた彼女が僕を知ってたんだ？

その過去の因果が僕に直接攻撃をしてくるのはもう少し先の話である。

◇◆◇

ちょっとアリス騒動があったものの、無事教室までたどり着く。

席に着くと、是洞さんは元気に挨拶してくれるが、目線は「わかってるよね？」とじっと僕を見て、位置的に逆側の宝条さんもどことなく僕を見ている。

う……！　気まずい!!

しかし、クラスメイトからは宝条さんと是洞さんの間にいる僕が当事者だと認知されてないようで、「是洞と宝条喧嘩してるの？」「喧嘩にしては目線が攻撃的というよりも、熱っぽいような……」「もしかして二人は付き合ってる⁉」と声が聞こえる。いくら自分に自信がついたとはいえ、僕が冴《さ》えないチビなのは変わらないから、「狭間陸人《りくと》が是洞　響《ひびき》と宝条蘆花《ろか》に告白されてるんです」はクイズの問題としては、難題すぎるよな……。

休憩時間、宝条さんが僕の側に近寄ってくる。文学部ではよく接触してるけど、クラスメイトとして僕に近づいてくるのは珍しい。彼女も意図的に佐波や僕を避けているイメージがあった。

「狭間さん。今週の金曜日、どうするか決めました？」

横の席でほかの友人と雑談をしていた是洞さんがピクリと震え、露骨にこっちに聞き耳を立てているのがわかった。

「ま、まだです……」

僕は目を伏せて正直に告げる。そりゃ土曜から考え続けましたよ！　誠心誠意を持って！　でもですね！　どちらもとっても素敵な女性で僕には決められないんだ‼

しかし、煮え切らない僕に宝条さんは優しく微笑《ほほえ》んだ。

「それはそれは。わたくしのほうも色々と準備がありますので、『是洞さんに決めました！』と言われなくてよかったです」

そう言って、自席に戻る宝条さん。黙って聞き耳を立てていた是洞さんも友人との会話を再開した。

……準備？　何の話だ？

その日の部活から宝条さんが渡辺君や獅子堂先輩と何やら内緒話をしてるのが目につき始めた。

もちろん、付き合ってもいないし、渡辺君も獅子堂先輩も部活の仲間なので、全然構わないんだけど、なんというか、ちょっと心の奥底がもやもやする僕なのであった。

そして、火曜日、水曜日と日付は進み、ついに運命の金曜日を迎える。

……結論から言うと、僕はまったく決められなかった。

◇◆◇

「で、キタロー君。今日、なんで呼ばれたかはわかってるよね？」

運命の金曜日。宝条さんと是洞さん、僕の三人は残る。もちろん、場の空気はなごやかではない。かなり緊迫感があった。

「は、はい。わかります」

僕は完全に委縮していた。そもそも「どっちを選ぶのか」の答えは出ないまま、今日を迎えてしまった。いや、気持ちとしては六対四くらいで是洞さん優勢なんだけど、是洞さんに決めようとすると「宝条さんとは趣味が合うし、付き合ったら楽しいのでは？」と決断が鈍る。

「で、キタロー君はどっちと付き合いたいの？」

「わたくし、狭間さんの選択であれば恨むことは致しません」

是洞さんと宝条さんは僕をじっと見る。

是洞さん。ギャルだけどすごく優しくて、こんな僕にも親切にしてくれるし、小学校時代に好きだった人。

宝条さん。同じ部の仲間で、すごく美人でド変態なのは否めないけど、気の合う仲間だ。

何も決まらないまま今日を迎え、いざ二人を目の前にすれば決まると思ったけど、そんなことはない。

うわー！　選べない！　選べないよー！

僕は頭を抱えて悩んだ。

「ふむ。狭間さんは我々のどちらかを選べず、『あうあう状態』になってる模様。ならば、ここはわたくし、プレゼンをしてもいいでしょうか？」

宝条さんは自分のカバンからIT系の授業で使うノートPCを取り出した。

「そういうのずるくない⁉」

「宝条さんパソコン苦手じゃなかったっけ⁉」

本人も家庭的に長年パソコンを使ってなかったせいで、クラスの中でもパソコンが不得手なのは仕方ないはずだ。そんな宝条さんがプレゼン資料を作れると思えない。

「ええ、ですから渡辺さんに手伝ってもらいました」

最近、渡辺君と内緒話が多かったのはそれか！

宝条さんはパワーポイントを起動する。

『宝条と付き合う3つのメリット‼』と可愛《かわい》らしい宝条さんのイラストが表示された。渡辺君が描いたな。絵がうまいからな。苦労をかけてるなぁ……。

「おい、パワポ用意してんの反則でしょ！」

「恋愛はバーリトゥード。ルール無用でしょ」

用意したの渡辺君だけどね。バーリトゥードでも第三者が乱入したらプロレスだろう。

是洞さんの抗議を無視して宝条さんはパワポのページを進める。

「プレゼンとかどうせ、『エッチのプレイ幅が広い』とかそんなんでしょ」

是洞さんは呆れている。この一週間で是洞さんには「宝条蘆花は下品」と露見している。

僕としてもそういうプレゼンを宝条さんはしてきそうだと思うよ。

『メリットその1　圧倒的な自由』

ん？　しょっぱなから「どスケベ宝条アイランドにご案内」みたいなメリットが来るかと思ったけどなんか意外なメリットが来たな。これは考えてもみなかったぞ。

「今、わたくしはフリーオブフリーの身。狭間さんがデートしたいときにデートが可能で、なんならわたくしの自宅でいつでもおうちデートも可能です」

僕はさすがに首をかしげる。

「いやいや、自由とは程遠いでしょ。家のルール、めちゃくちゃ厳しいではないですか」

僕の疑問に宝条さんはにこやかに答えた。

「大丈夫です。この日のために家出をしました。今は一人暮らしです。あとスマホも買ったので後で連絡先交換しましょう！」

「は？」

さすがに斜め上に予想外すぎて絶句する。

「ですから、この日のために家出をしました。わたくし、あのような糞《くそ》……おっと、糞に失礼でしたね。あのような、子どもをおもちゃにして楽しむ家とは縁を切りました。なので、今のわたくしは完全に自由です」

「はい⁉ お、お金は⁉ どこに住んでるんです⁉ 高校生がそんな急に家出して、大丈夫なんですか⁉」

「そこは獅子堂先輩に頭を下げて借金をし、今は獅子堂グループ系列のマンションで暮らしています。借金は生涯をかけてでも獅子堂先輩に絶対にお返しします」

うわー！ めちゃくちゃ迷惑かけてるけど、獅子堂先輩、嬉々《きき》として手（と金）を貸しそう！ 先輩との内緒話はこれか！

そういえば先輩はダミーの友人一家を用意とかしてたから、前からある程度は宝条さんに協力的だったわけだ。

そして、急に宝条さんが「我慢できない」というふうに笑った。

「くく。すいません、思い出し笑いです。『ふん、小娘がうちから出てもすぐに涙目で謝罪する』と思っていた祖母と祖父の腫れた顔を思い出すと笑えますね。まさか、わたくしが獅子堂家を頼るとは予想外だったようです。確かに宝条家は華道の名家ですが、名家TierはせいぜいCランク。SSランクの名家である獅子堂家に勝てるはずありません」

名家Tierとか聞いたことないけど、僕はそれ以上にある発言が気になった。

「ちょっと待って。おばあさんとおじいさんの顔どうして腫れてるんですか？」

「家出前に家族全員にわたくしが往復ビンタをしたからですが？」

相当うっぷんが溜《た》まってたんだろう。宝条さんは家出前に暴れに暴れたらしい。

「とにかく、今、わたくしは自由の身。求められるままに肉欲をむさぼるならば、わたくしの家でむさぼればいいので、ホテル代を気にする必要もないのです！」

な、なるほど？　正直、僕的にはそこまで魅力的なメリットではなかったというか、仮に彼女が「僕のために家出した」なら、「そ、そこまでしなくても」という気持ちが先行するけど、宝条さん自身のことを考えると、あの家を出て正解と思うので、そこは喜ばしいかな。しかし、宝条さんは僕の微妙な顔を見て、残念そうにする。

「ふむ。メリットその1はあまりご納得いただけるメリットではなかったですか。では、その2です」

「その2こそ、『エッチのプレイ幅が広い』でしょ」

是洞さんはそう言ったが、宝条さんは否定した。

「是洞さん。そのような意見を出すのは心外ですね。わたくしのことをお下劣お下品女か何かと勘違いしてます？」

宝条さんにそう言われて是洞さんは反省したように下を向く。

「う、ごめん……」

「さて、ではその2です」

そして宝条さんはパワーポイントのページを進める。

『メリットその2　幅広いユーザーのニーズにお応えするラグジュアリーな性体験をお約束します』

是洞さんは何が書いてあるのかわからず、三回ほど目線を往復した。そしてようやく理解して叫んだ。

「『エッチのプレイ幅が広い』じゃねぇか‼」

「まぁ是洞さん！　エッチとかお下劣です！　『幅広いユーザーのニーズにお応えするラグジュアリーな性体験』です！　言い方にしても、せめて『性交渉のサブスクサービス』、略して『セックスク』と呼んでください！」

「アウトすぎるだろ!!　というか、そのサービス、具体的にはどんなんよ？」

「マイクロビキニを着てガニ股で腰を振ったり、着ぐるみに二人で入ったり、もしくはわたくしがあかちゃんになって狭間さんのおっぱいを吸ってもいいですよ？」

「ごめん、『お下劣じゃん！』って言うべきかもしれないけど、発言があたしの性癖を超越しすぎてて理解がまるで追いつかない」

是洞さんは極めて一般的な性癖なのか、まったく理解できていないようだ。あかちゃんや着ぐるみはともかく、マイクロビキニは結構昔からある一般的な性癖だけどね。

……あれ!?　もしかして、マイクロビキニって一般的な性癖じゃないの!?

「わたくし、ドMですが、狭間さんのニーズにお応えするためなら、っく！　え、Sにでもなりましょう!!」

心底嫌そうな感情を我慢して無理をしながら、目を閉じて宝条さんは答えた。

是洞さんは呆れてため息をつく。

「いや、無理してんじゃん。ねぇ、キタロー君？　君ならさ、こんな見え見えのエロじゃなくて、どっちが本当に君の需要に応えられるかわかるよね？」

すごく冷たい目で是洞さんが僕を見下すように発言してくる。

僕の心臓が鷲掴《わしづか》みにされたようにゾクゾクする。

「ひゃ、ひゃい！」

「あ、あ、あ！　こ、是洞さん！　ナチュラルにSっ気を出すのはずるいです！　是洞さんの目の冷たさすごい！　ああん！」

ドMの宝条さんも少し是洞さんにゾクゾクしてる……。

宝条さんがはっと我に返り、慌てて「こほん」と咳払いをして「んん！」と言い、タメを作る。

「狭間さん。偽物が何か囀《さえず》ってますが、あなたならどちらが本当のあなたのご主人様かわかりますよね？　犬のくせに選択権があると思うんですか？」

宝条さんもすごく冷たい目で僕を見てくる。

うわー天然物の是洞さんには一歩劣るけど、こっちもこっちですごくゾクゾクする！

それに天然の気質で一歩劣る分、発言がエロ系に特化してるから是洞さんより創意工夫が見られる！

「は、はい！　すいませんでした！」

僕は思わず、宝条さんの前でひざまずきそうになる。

「うふ、かわいいですね、狭間さん。後でご褒美をあげましょうね？」

「こらこらこらこら！」

是洞さんが僕と宝条さんの間に割り込んだ。

「そもそもさ、何？　『カジュアルな性的ニーズにお応えする』だっけ？」

「『幅広いユーザーのニーズにお応えするラグジュアリーな性体験』ですが？」

「なんで見ないで一字一句間違えずに言えるんだよ。気に入ってんの？　とにかくさ、それ、キタロー君、気に入るやつなの？」

「ええ、ええ。この宝条蘆花、きちんと理論武装をして今日に臨みました！　きっと狭間さんもお気に召すお話でしょう！」

「ふーん。じゃあその蘆花が言うラグジュアリーななんちゃらの理論を聞かせてよ」

なんだかんだ言って是洞さんも気になるようで、興味がありそうに聞き始める。というよりも、もしかしてだけど、話によってはパクり……い、いや、健全な是洞さんがそんなエッチなことするはずないよね！

そして、宝条さんはしたり顔で語り出す。

「まず狭間さんだって、男の子でそのうえ、変態です」

いきなり結構ひどいことを言われた。部活が部活だから、何も否定できない。

「男の欲望は女の子の一歩上を行くものです。もし、もしも。もしも、狭間さんと是洞さんのお二人が付き合っていると想定しましょうか？」

宝条さんは歯ぎしりをして、血涙を流さんばかりに悔しそうに仮定の話を始める。この人「わたくし、狭間さんの選択であれば恨むことは致しません」とか言ってなかった？

「男はオオカミなのです！　是洞さんが『手を繋《つな》いじゃおうかな』とか考えているときに狭間さんは『キスしたい』とか思うようなズレは必ず生じます。その点、わたくしは男の欲望の上を行く変態です！　狭間さんがキスをしたいときに、わたくしは足コ◯がしたいでしょう！」

「それ、逆にダメなんじゃないの？」

是洞さんが呆れるが、それを無視して宝条さんは言い切る。

「狭間さんなんて、優しい恋愛に奥手のドMですから、『これを要求したら怒られるんじゃないか？　アレを要求するのは失礼じゃないか？』とか考え出して、何も要求できないタイプ！　その点、わたくしならば常に狭間さんをリードできる！」

「いやいやいや、キタロー君、そんなわけが……あるの⁉」

そう言って是洞さんは僕を見て絶句する。僕は宝条さんの意見に「そのとおりかも」と思い、悩んでいた。確かに。世の中の男の人はどういうタイミングで手を繋いだり、キスをしたり、その、性的関係に持ち込んだりしてるんだ？　提案するの恥ずかしくないのか？

「そうでしょう。そうでしょう。狭間さんはどうせ、是洞さんとエッチなことになっても、まごまごして、変な要求は嫌われるんじゃないかと思ってしまうお優しいサガ！　その点、わたくしはわたくし自ら、前から上から横からペロペロ舐《な》めたり舐められたり、狭間さんの性的欲求の上を行きましょう！　それこそ『幅広いユーザーのニーズにお応えするラグジュアリーな性体験』をお約束します！」

決め台詞《ぜりふ》を言って、びしっと僕を指さす宝条さん。

エロに関してはともかく、一理はあるかもしれない。出だしは「宝条さんって実はすごい馬鹿なんじゃないの？」って思ったけど、意外にもスンと納得する結論で終わった。

そう感心していると是洞さんが真《ま》っ赤《か》な顔で告げる。

「キタロー君。あたしも、頑張るよ！　あ、あたしだって頑張ってリードするし、その、さ。キタロー君が着てほしいならマイクロビキニだって頑張って着るよ！」

「僕、マイクロビキニ好きなんて言いましたっけ⁉」

正直、かなり好きですけど‼

好きなコスチュームのランキングベスト3《スリー》に入りますけど‼　いや、一位かも知れませんけど！

黒ギャルの是洞さんとマイクロビキニの親和性、爆アドだと思ってますけど‼

そもそも、僕は「ドM」というより実は「ライトM」寄りだから、痛いのよりも誘惑物が好きなんだよ！　そして誘惑とマイクロビキニは好相性なんだよ‼

「キタロー君が変なことしたいなら、努力とかするよ」

是洞さんは純粋なキラキラした目で恥ずかしそうにしながら、僕を見る。宝条さんはそれを嘲笑《あざわら》うように告げる。

「そうですねぇ。狭間さんが要求すれば、是洞さんは着ますよね、マイクロビキニ。でも、狭間さん？　もし付き合ったとして要求できます？　是洞さんにマイクロビキニ着てくれって？　是洞さんは自主的に着られます？」

それは……たぶん、できない。性癖に関してはめちゃくちゃ変態だと思うけど、同時に恋愛に関しては宝条さんの言うとおり、極めて奥手だと思う。

「その点、わたくしならば、狭間さんの意図を感じ取り、自主的にマイクロビキニ、着ましょう！　というかですね」

宝条さんは誘惑するような挑発的な笑みを浮かべ、僕の耳元でささやいた。

「今日も着てますよ？　マ・イ・ク・ロ・ビ・キ・ニ♪」

「え⁉」

思わず動揺して宝条さんの制服姿を見る。

「まぁ、狭間さん。恥ずかしいです」

ただ服を見ただけなのに、宝条さんは顔を赤らめ、僕もいけないことをしてるようで、顔が熱くなり、「す、すいません」と顔をそむけた。

そんな僕らの間に是洞さんが割って入る。

「そんなの着てるなんて絶対嘘《うそ》だ！　今日、体育ないからって適当言わないでよ！」

「おやおや？　そんなのわからないでしょう？　金色とかピンクエナメルの下品なやつを

着てるかもしれませんよー？」

宝条さんは挑発的な態度を止《や》めない。そして相変わらず、蠱惑的《こわくてき》な表情で僕にささやく。

「狭間さん、わたくしを剝《む》いてみればわかりますよ。まさにシュレーディンガーのマイクロビキニ！」

「それだとマイクロビキニを着たエルヴィン・シュレーディンガー先生になって、物理学界に喧嘩を売ってますが」

しかし、宝条さん！

宝条さんもまたマイクロビキニが似合う！

中身はともかく、ガワは大和なでしこ風の清楚《せいそ》っぽい女性だから、そういう外見の女性にもマイクロビキニは爆アドだ！

ああ、そうか。ドM倶楽部のMってマイクロビキニの略だったのか！

僕が宇宙の真理にたどり着いていると是洞さんが真剣な顔で言った。

「キタロー君。ごめん。ちょっと目を閉じてて！」

是洞さんに言われて目を閉じる。「なんだろう？」とか思っていると、次の瞬間、「きゃあああああ⁉」という宝条さんの絶叫が聞こえる。

思わず目を開けると、ことはもう済んでおり、是洞さんは呆れながら宝条さんを見て、宝条さんは泣きそうな顔でスカートを押さえていた。

「マイクロビキニ、着てねーじゃねぇか！」

是洞さんが吐き捨てるように言い、何があったかは察する。

「しくしく、ひどい！　もう狭間さん以外にお嫁に行けない！」

泣きながらめちゃくちゃ図々《ずうずう》しいことを言う宝条さんだが、彼女が言う「シュレーディンガーのマイクロビキニ」が解消されたおかげで僕も宇宙の真理から解放され、ようやく理性を取り戻す。

「今のところ、どちらのメリットも別段、決め手にはなりませんね。魅力的なご提案だとは思いますが、それで『じゃあ宝条さんにする！』と言うほど、僕は猿じゃないです」

冷静になってそう言うと宝条さんは心底驚いて僕を見る。

「まぁ狭間さん！　性欲ないんですか⁉」

「ありますよ！　なきゃあんな倶楽部に入るはずないでしょ！　失礼ですね！」

「しかし、狭間さん。余裕の顔をしてられるのもメリットその2までですよ？　メリットその3は伝家の宝刀。抜けば決着がついてしまいます」

そして宝条さんは自信満々でパワーポイントのページをめくった。

やれやれ。例えば「僕を養ってくれる」とかいう提案でも僕は「いや、せめて共働きにしましょう」と答えるぞ。いったいどんな提案なら「決着のつく伝家の宝刀」なんだろう？　まぁたぶん大した提案じゃないんだろうな。

僕は余裕の笑みでノートPCを見てると、その画面には意外すぎる文字が映った。

『メリットその3　宝条蘆花は「ザ・グリード」のDVDを持っている』

是洞さんは首をかしげた。

「え？　いや、なに？　ガチで何の話？」

しかし、僕は目を輝かせて宝条さんに飛びつかんばかりに近づいた。

「マジですか宝条さん！！？？　『ザ・グリード』のDVDを⁉」

「マジです。大マジです。わたくし、獅子堂さんに借金をして最初に行ったのがこのDVDの購入です」

是洞さんが「人の金で何してんだよ」とつぶやいたが、僕は興奮して叫ぶ。

「うわー‼　いいなー！　めちゃくちゃうらやましいんですけど！　僕見たことないんですよ‼　こ、今度見に行っていいですか⁉」

「えー？　蘆花、彼氏でもない人、家にあげたくないなー？」

突然、かわい子ぶってそういう宝条さん。僕は「っく！」と悔しまぎれにうつむく。

「か、彼氏ならいいんですか⁉」

「ええ。ええ。わたくしと付き合ってくださるなら、譲渡もやぶさかではありませんよ？」

「譲渡もですって！！？？　っく！」

僕が真剣に宝条さんとのお付き合いを悩み出すと慌てた是洞さんが割って入った。

ザ・グリード
!
?

「待て待て待てー‼　ちょいちょいちょい！『ザ・グリード』って何なんよ⁉」

僕は是洞さんに振り返り、興奮を隠しきれない口調で一気にまくしたてる。

「廃盤になってて、配信もしてなくて、評価は高いっていう映画好きなら押さえときたい一品なんですよ！　でも高校生には微妙に高いんです！　わざわざ、地元から都内に出向いてレンタルで置いてある店に五回行ってるんですが、毎回レンタル中だったんですよ！極まれに民放が流してくれることもありますが、僕、今年のチャンスをなぜか謎の録画失敗でミスしてるんです‼」

まぁ、地上波とＤＶＤは全然別物だから、仮に録画成功しててもＤＶＤは見たいけどね！

まさか、まさか、『ザ・グリード』を出してくるとは！　プレゼンの1と2が比じゃないくらい魅力的だぞ！（ちなみにこの騒動の翌年、配信が始まり、宝条さんの伝家の宝刀は完全にさび付く）

そして悩む僕に宝条さんは意地の悪い笑みを向ける。

「しかし、わたくしと付き合わないなら、『蘆花、ＤＶＤの価値とかわかんなーい』というノリで、その辺の映画なんて話題作を年に一回程度しか見ないチャラ男にでも『ザ・グリード』のＤＶＤを渡します」

「や、やめてください‼」

「チャラ男からのＮＴＲグリードレターが届いて狼狽《ろうばい》するがいいです！　『いぇーい、オタク君、見てるー？　今から「ザ・グリード」鑑賞しまーす』」

「絶対にそんな人たちに価値はわからないし、グロいシーンで酷評される！」

　宝条さんは僕に迫る。

「さぁ、狭間さん！　今、『ザ・グリード』が狭間さんのコレクションに加わるか、『ザ・グリード』の名前が『カラス避け』になるかが、あなたの判断にかかっているのです!!」

「うぐ、うぐぐ……！」

　真剣に悩む僕に是洞さんは絶句する。

「え、待って。もしかして、今、あたし、『ザ・グリード』に負けようとしてる？　ちょいちょいちょい、キタロー君！　それ、あたしも入手してみるから！」

　是洞さんはそう言ってスマホで検索を始めた。

「うわ、なにこれ⁉　たっか‼　あ、でも、『ＤＥＥＰ』ってつくやつは安いよ？」

「それは偽映画です！」

　是洞さんは何かに気づいて冷静に僕を諭《さと》す。

「でも待ってキタロー君！　一回冷静になろ！　蘆花が『ザ・グリード』のＤＶＤを粗末に扱うはずないじゃん！　だって、そんなことしたらキタロー君に嫌われるんだから！　これは卑怯《ひきょう》な交渉術だよ！」

「あ、確かに」

是洞さんがとても冴えたことを言い、言われて僕も冷静になった。

そもそも宝条さんは最近は、結構卑劣で卑怯な印象もあるけど、根は本当に優しい人だ。誰かが好きな物を粗末に扱うはずがない。

宝条さんは悪びれもせず、肩をすくめる。

「バレましたか。しかし、わたくしと付き合うなら、おまけで『ザ・グリード』のDVDをあげましょう。確かにわたくしを選ばなかったところで、粗末には扱いませんが、これはメリットですよ」

「『ザ・グリード』のDVDをもらうと、おまけで宝条さんと付き合えるのか……」

「今、わたくしにめちゃくちゃ失礼なこと言いませんでした？」

もちろん冗談だけど、ちょっと口が過ぎたと反省する。宝条さんはノートPCをシャットダウンしてしまい出す。

「さて、プレゼンは終わったよね、蘆花」

「ええ。その3で決着がつかないのは残念ですが、あとは狭間さんの心に従いましょう」

結局最初の状態に立ち返るのか……。まだ結論は出ていないのに。

しかし、そんな状況を是洞さんはにこやかに切り開いてくる。

「じゃあ蘆花、プレゼン終わったなら、あたしのプレゼンでいい？」

「む⁉　プレゼンとか卑怯ですよ！　恋愛という戦場にそんなのあっていいわけないでしょう！　是洞さんは戦場で悠長に銃のカタログスペックを話し出す人ですか⁉」

「うわー。五分前の蘆花と討論させてぇ」

自分のプレゼンを棚にあげた後、その棚を爆破した宝条さん。その態度に是洞さんは呆れながらも、僕に振り返る。

「つってもガチで何も考えてないし、あたし馬鹿だから、プレゼンとかすぐ浮かばないけど……。とりまさ、キタロー君。あたし、今、料理勉強してるんだけど、付き合ったら何か作ってあげよっか？」

「わたくしだって、料理うまいですよ！」

「僕だってうまいです！」

「まさか全員張り合ってきた……」

まさかのここにいる全員が家庭的な人間で無駄に張り合ってしまった。

しかし、そんな僕の「僕も料理がうまい」という意地を是洞さんは嬉しそうに笑う。

「あ、じゃあさ。お弁当作り合って交換しようよ。で、ピクニックとか行かない？」

う、可愛らしくて、魅力的な提案！　思わずたじろんで赤面してしまう。

「んま⁉　是洞さん！　わたくしの淫乱力に対して女子力で対抗するおつもりですか⁉　そういうメタを張るのはかわいくてずるいですよ！」

「蘆花のは九割『ザ・グリード力』だろうが」

宝条さんも「女子力」で戦えばいいのに……。是洞さんの提案、宝条さんもできるだろ。

「そうだね。あとはさ……プレゼン2は……うーん、走るのめっちゃ速い」

「プレゼン尽きるの早っ⁉」

思わずツッコミを入れてしまう。

それに「足が速い」とかはゲームのステータスなら有用だけど、現実で恋人にはまったく求められないのでは？　「足の速い女の子が好み」なんて聞いたことがない。いや、小学生までなら「足の速い男子がモテる」ってのはあるけど、あれは子どものころだし、性別逆だし。

是洞さんは涙目で僕に訴えた。

「仕方ないじゃん！　あたし、蘆花みたいに頭よくないし、急にプレゼンしろって言われてもなんも浮かばねーよ‼」

自分で言い出したのに……。

「あとはそうだなぁ。キタロー君と付き合ったら色々なとこ行きたいな。水族館とか、映画館とか」

「映画館かぁ……‼　映画館ですかぁ……！」

「え、微妙な反応」

映画館に人と行くのは時と場合と作品によるなぁ！　見る作品によっては「誰かとすぐに感想をシェアしたい！」ってこともあるけど、むしろ僕は「孤独な余韻を楽しみたい！」って場合が多いから、基本は一人で見て、誰かと盛り上がりたかったらSNSを見るからなぁ！

というか、そもそも映画館デートって何するんだ？　たまに漫画とかで暗闇の中、手を握られてドキ！」みたいなシーンがあるけど、あんなことされたら、「映画見てる最中に邪魔するな！」とか思ってしまうだろう。たまにスマホとかをほんの一瞬つける人がいるけど、あれですらその瞬間は気が散って、ものすごく腹が立つんだよな。感動は一瞬で壊れるんだぞ!!

「ド派手なハリウッド系超大作なら獅子堂先輩と行きますので、是洞さんも好きそうですし、それなら構いません」

悩んで妥協案を出した僕がそう答えると、是洞さんは意外そうな顔をした。

「え、会長と二人で映画見に行ってるんだ」

「派手なハリウッド映画をお一人で見るのは寂しいそうでして、よく誘われますよ。映画代や昼食、夕食を奢《おご》ってくれるので、すんごく恐縮なんですが、払おうとしてもうまく断られるんですよね」

「そ、それは逆に会長からあたしがキタロー君を奪ったみたいで悪いなぁ。でもキタロー君、会長と仲のいいのは意外だね。……何か今、あたしか蘆花かの選択に一瞬、会長が入ってきた気もするけど。じゃあさ、会長も含めて、倶楽部のみんなで出かけてキャンプとか、みんなでBBQとかしようよ？」

「あ、そういうのはいいです」

「急にキタロー君がスンとなった⁉」

忘れていたけど、是洞さんは陽の人間だった。基本的に陰属性である僕とは相容《あいい》れないかもしれない。昔、親にキャンプに連れていってもらったことはあるけど、本当に楽しくなかったな……昨今のキャンプブームには申し訳ないけど、アウトドアがまったく楽しめない人間がいるのは理解してほしい。

前準備をしてなかったので、簡素ながらプレゼンを終えた是洞さんが僕をじっと見る。

「で、キタロー君？」

「狭間さん。どちらとお付き合いするのですか？」

僕には本当にもったいない二人の魅力的な女性が僕に迫る。

宝条さんが是洞さんか。是洞さんか宝条さんか。

「あの、そもそもでお聞きしたいんですが、恥ずかしい質問ですけどお二人は僕のどこが好きなんですか？　僕なんて、病弱なチビで映画オタクだし……」

「え……」

逆に尋ねると二人は顔を見合わせた。宝条さんが先に口を開く。

「まず顔がかわいい」

そこかよ！　そう思ったが、是洞さんは無茶苦茶賛同するように力強くうなずいた。

「それな‼」

「ねー！　かわいいですよね‼　全体のパーツ構成が女の子っぽいんですよね！　肌も色白だし、ちょっと片方の目が隠れる髪型がチャーミングだし、見えてる片方の目も濡《ぬ》れたように大きくて蠱惑的ですよね！」

「それな‼」

二人は初めて意見が合致して大はしゃぎする。というか、是洞さん、「それな‼」しか言ってないけど……。

「あとはさ、キタロー君、気が利《き》くし、優しいんだよね。あたしがさ、『あれ⁉　この人いいかも⁉』って思ったのは一年生のころ初めて会ったとき……いや初めて会ったのは小学生だから、高校時代に初めて会ったときかな」

え、結構早いですね。一年のころは是洞さんとはクラスが違ったからあんまり接点がないはずだけどなぁ……（佐波や宝条さんは同じクラスだった）。

「一年のころ、べーちゃんが、青山《あおやま》先輩に告白して盛大にフラれたじゃん？」

「ああ。あの件ですか」

宝条さんが不愉快そうな顔をする。彼女は当事者ではないが、あまりいい気分ではなかったのだろう。

　青山先輩は長身のイケメンで当時読者モデルをやっていた人で、「べーちゃん」こと仁《に》部《べ》さんは、少しふくよかな方で、チャーミングではあるけどお世辞にも「美女」とは言いがたい子だ。その仁部さんが青山先輩に告白してフラれて、青山先輩が盛大に面白おかしく周囲に吹聴した事件があったのだ。

　僕のクラスでも仁部さんのことを「夢見がちでデブ」とか「ドリームデブ」とか「鏡見ろ」とかひどく言っていたものだ。仁部さん自身は相当、芯の強い子だったみたいで、休むことなく普通に学校に通っていたが、当時の心境は考えただけで辛《つら》いものがある。

「でさ、あたし、べーちゃんのマブダチだったからさ、結構心無い悪口にキレてたんだよ。そんときさ、なんか用事でキタロー君のクラスに行ったら、ヨッシーたちがべーちゃんの悪口言って爆笑しててさ」

「……佐波にそこまで悪意はないけど、あいつは場の空気には基本同調するからなぁ」

「で、もうキレそうだったんだけど、ヨッシーが『な、キタロー。お前も仁部のことあほだって思うよな』って急にキタロー君に振っててさ」

「僕なんて言いましたっけ？」

　全っ然、覚えてないぞ……。

「『僕はそうは思わないよ』ってはっきり言ったんだよ。それで場の空気も白けて話は終わってたけど、あたし、『あれ、なんかこの人かっこいい？』って思ったんだよね」

そんなこと言ったのか……。あと、一応、佐波の名誉のためにフォローをしておく。

「たぶん、佐波は僕がそういうこと言うと思って、僕に振ったんだと思いますよ。あいつ、女子の悪口は周りに同調してても、内心は嫌がってるタイプなんで」

「そーかな？　ヨッシーそこまで考えてないと思うよ？」

さ、佐波だって、あほでどうしようもないけど、そのくらいは考えてるもん!!

「あと、キタロー君、あたし何回か、働いてる古着屋に行ったことあるの知ってる？」

「え⁉　まったく知りませんでしたけど⁉」

「声かけなかったからね。でも、偶然、古着屋で『あ！　べーちゃんをかばったかっこいい人だ！』って気づいて、きちんと働いてて、そっからもうあたしは好きだったな」

是洞さんはニシシと笑った。

そういえば「結構オシャレなのも知ってる」とか言ってたな。

ちなみに、件《くだん》の仁部さんをフって話を吹聴した青山先輩は喫煙や飲酒がバレて読者モデルを引退し、学校を自主退学している。仁部さんは付き合わなくてよかったと思う。

「わたくしは……残念ながらそういうきっかけはなくて、一緒に部活をしていくうちにいつの間にか、なんか好きでしたね」

宝条さんは少し残念そうに言ったけど、なんとなくだけど、恋愛ってそういうもので、是洞さんみたいなきっかけがあるほうが珍しい気がする。

「さて、あたしの話はしたけど、キタロー君、どうすんの？　どっちと付き合う？」

やっぱりそこに立ち返りますよね！

悩んでも答えは出ない。思うことはとにかく、「どちらもとっても素敵な人間」ということだ。

悩んでも悩んでも悩んでも答えは出ない。

二人はかなり気長に僕の答えを待ってくれたが、僕は二人に対して土下座《どげざ》をした。

「ごめんなさい！　必ず。必ず、年内には結論を出します！　なので、今は答えを保留にしてもいいでしょうか⁉　自分の発言がゴミクズなのはわかっています！　でもどちらも素敵な人で結論が出ないいんです！　許してください！」

それは地獄の始まりで、僕はたぶん悩んでも悩んでも結論が出せず、きっと年内に答えを出す日まで苦しみ続け、答えを出す期限の日にも結論が出ない未来は見える。

しかし、少なくとも、今すぐに答えは出せない。

僕は二人に対して非礼を承知でそう言うしかなかった。

そんな僕を宝条さんは呆れて見る。

「狭間さん。いつまでもわたくしたちが狭間さんに惚《ほ》れてると思ったら大間違いですよ。

保留なんかにして、わたくしと是洞さんが茶髪で日焼けした筋肉質な先輩に寝取られたら狭間さんは一生惨めにそれをおかずにシコシコしなきゃいけないんですよ？」

ＮＴＲはあまり好きじゃないので、それをおかずにはしないとは思うけど、宝条さんの言っていることは正しい。確かに僕が優柔不断にこんな素敵な女性たちへの返事を保留にしてるうちに二人が彼氏を作ってしまう可能性は大いにある。それは決められない僕の罰だから甘んじて受けよう。

宝条さんの言葉を聞いて、是洞さんは少し意地の悪い笑みを浮かべた。

「キタロー君にはキタロー君のペースがあるから、せかしてもしょうがないじゃん。あたしは結論出るまで待ってあげるよ。蘆花はほかの彼氏作ったら？　そうしたらキタロー君の迷いも消えるし、遠慮なくあたしが付き合うよ」

優しい是洞さんにしては珍しい挑発的な発言だったが、発言の一つ一つがカウンターのように宝条さんに刺さったようだ。宝条さんはやや狼狽して「んな⁉　そういう話ではありません‼　わたくしだって、何年でも狭間さんを待ちますよ！」と言った。

結局、優しい二人は「決断の遅延」というどうしようもない僕の提案を飲んでくれた。二人には本当に感謝しかないな……。

そして是洞さんは僕にある提案をする。

「でもさ、年内って条件はちょっと思うところあるな。十二月頭にしない？」

「十二月頭、ですか?」

今が十月頭だから、あと二ヵ月か。

「いいですけど、いったいなんでですか?」

「クリスマスデートや年末デートができないのは損失だよ。本当は十一月末の文化祭前に付き合いたかったくらいだけど、我慢してあげる」

そっか。年末年始は恋人のイベントが盛りだくさんなのか。

「あーそれは確かに。ミニスカサンタのコスプレや『年またぎックス』ができないのは損失ですね」

「蘆花、よく今まで清楚なふりで通せたね。感心するわ」

是洞さんは宝条さんの本性にあきれ果てていた。最近は特に奔放な感じだ。

そして解散となったとき、宝条さんが不穏なことを言う。

「しかし、これはつまり、アレですね。ルールを解釈するなら、『期限までに狭間さんを堕としたほうの勝ち』とも取れますねぇ」

その不穏な言葉を残したまま宝条さんは空き教室から去り、是洞さんは不安そうに僕と宝条さんの背中を交互に見つめ出ていった。

そして、優柔不断な僕は悪手を選んでしまった。女子二人(というか、宝条さん)の導火線に完全に火をつけてしまったのだ。

勝負条件を『期限までに僕を堕としたほうの勝ち』と解釈した宝条さんはすごい攻めてきた。

特に一人暮らしを始めて、家族というくさびから解き放たれた宝条さんは本当に肉食系かつ自由自在だった。

◇◆◇

まず古着屋にバイトに向かったら新人アルバイターとして宝条さんがいた。

「いや、リク君、おじさん、びっくりだよ！　なんとこんなかわいい子がアルバイトに来てくれたんだ！」

「うふ、新人の宝条蘆花です。先輩、色々教えてくださいね？」

僕は軽く眩暈《めまい》を覚えた。バイト中の逆セクハラに耐える日々が始まった。ことあるごとに店長や客の目を盗んで、涼しい顔をして僕のお尻を触ったり、身体を押し付けてくるのだ。「やめてください……」と言っているがやめてくれない。だけど、是洞さんには本っっっっ当に申し訳ないが、僕にとって性癖にストライクなシチュエーションなので、逆セクハラが決して嫌なわけではない。陥落だけはしないように気合を入れねば……。

もちろん是洞さんも負けていない。ある日、文学部に行くと是洞さんがいた。

「新入部員の是洞響でーす。基本的に陸上部に参加しているのであまり活動に参加できませんが、よろしくお願いしまーす」

きゃぴきゃぴと挨拶する是洞さんに、宝条さんと僕は絶句した。

「いいんですか獅子堂さん⁉　うちの高校は兼部禁止では⁉」

慌てて宝条さんは獅子堂先輩に聞く。

「実はうちの校則に兼部禁止の規則はない。部活二つまでは兼部ＯＫだ。有名なアリスも女子剣道部と女子柔道部の掛け持ちだ。兼部禁止は生徒間の勝手な解釈が独り歩きして独自ルール化している節がある。まったく誰が流した噂なんだ」

「そ、そんな！　生徒会長権限で今すぐ退部させてください！」

「なぜ、そんなことをせねばならん」

宝条さんが狼狽する。宝条さんは「部活仲間」というイニシアチブを取っていた状態だったが、そこでの主導権を握らせるほど是洞さんは甘くなかった。

佐波はノリノリで是洞さんに挨拶する。

「おう、是洞、よろしくな。ウェーイ」

「ヨッシー、よろしくねー。ウェーイ」

君たち、この間、告白してフッた関係なのに仲いいね。

チャラい佐波とギャルの是洞さんはヴィジュアルでいえばお似合いである。

だけど、お似合いっぽい二人を見ると胸が痛い僕がいます。

獅子堂先輩が咳払いして是洞さんに質問する。

「しかし、是洞。狭間から聞いていると思うが、この部活は基本的に文学部のふりをした『ドM倶楽部』だぞ？　いいのか？」

「あ、大丈夫大丈夫。あたし、そっちの性癖はないから『文学部』として参加になるけど、皆の邪魔はしないので」

本人がすべて呑んだうえでなら、僕らに拒否する理由はない。

前言どおり、陸上部が忙しくて週一も部活には来られなかったが、意外と楽しそうにニコニコ顔で僕らのしょうもない議論に参加してくれる是洞さんだった。

そして宝条さんも負けてなかった。

さすがに自宅に帰ったら宝条さんが弟と妹とテレビゲームをしてたときには軽く卒倒しかけた。

「おかえりなさい、狭間さん。ここでは、陸人さんと呼んだほうが紛らわしくないでしょうか？」

ゲームをしながら宝条さんは楽しそうに微笑む。早くも妹と弟はなついているようで嬉しそうに口々に言う。

「……下手だな」と妹。

「……なっちゃったと」と弟。

ど、どうやって、うちの住所を知ったんだ⁉　いや、方法はいくつか思いつくけど……。と、思ったら原因が帰ってきた。

父さんが「ただいまー」と部屋に入ってくるなり、宝条さんを見て、温和に微笑む。

「ああ、君が宝条ちゃんか。はじめまして」

「はじめまして、陸人さんのお父様。宝条蘆花と申します」

宝条さんは三つ指ついて正座で深々挨拶する。父さんは宝条さんの丁寧な態度に少し驚いたようだ。

「ご丁寧にどうも。何もない家だけど、ゆっくりくつろいでくれ」

僕は父さんに近づき、小声で尋ねる。

「ねぇ、宝条さんにうちの住所教えたのって……」

「弟の古着屋のバイト仲間でリクの友達なんだろ？」

古着屋の叔父さんは父さんの弟だ。父さんは僕にスマホを見せる。

『宝条蘆花ちゃんってリク君の友達の子がいるんだけど、リク君の家に遊びに行きたがってるから住所教えていいか？』

『いいよ』

『（猫が「ありがとう！」を言っているスタンプ）』

叔父さんと父さんのやり取りがスマホにはそう表示されていた。僕が少し苦い顔をしているのを見て、父さんは目を細めた。

「……まずかったか？」

「まずくは、ないです!!」

僕の態度から父さんは訝《いぶか》しんだが、結局その日は宝条さんが夕食を作り（普通に美味《おい》しかった）、夕飯を食べて、談笑するだけで帰っていった。だが、弟たちと次に会う約束は忘れてなかった。

ちなみに実は結局是洞さんと二人で例の動物園には行っている。

きちんとデートの約束は果たした。

二人で動物園を見て回って、ベンチで是洞さんが作ったサンドイッチを食べる。ちなみに是洞さんは宝条さんよりかは、料理下手みたいで、結構水っぽいサンドイッチだったけど、僕は申し訳なさそうな是洞さんに悪くて全部食べた。

まだ付き合ってもいないし、何もなかったけど、とても温かくて楽しいデートだった。

光の是洞、闇の宝条。

二人の僕を巡る攻防は結論の日まで続くと思われたけど……それどころではない事件が倶楽部を襲った。

「事件前日」の話をしよう。全貌をきちんと語るにはそこからだろう。

「ゲッ」

事件の起きた前日。部室に入ると宝条《ほうじょう》さんしかいなかった。

思わず「ゲッ」と言ってしまう。

宝条さんはそんな僕を見てほほを膨《ふく》らませた。

「狭間《はざま》さん、ひどい。ゲッはないでしょ、ゲッは。わたくし、泣きますよ？」

「い、いや、すいません。密室で宝条さんと二人きりとかすごくろくでもない気がしまして。本当、すいません」

最近は隙《すき》あらばセクハラをしてくるので、警戒心を持つのは仕方ないよな。僕は椅子《いす》に座りながら、宝条さんへ詫《わ》びる。

「まったく。狭間さんは人をなんだと思っているのですか」

そう言って宝条さんは立ち上がり、「座っている僕の上」に座った。これでもかと身体《からだ》を密着させてきて、とてもいい匂いが僕の鼻腔《びこう》をくすぐる。

「ほらろくでもないじゃん!!」

「あら失礼しました。椅子と狭間さんを間違えました」

「座り直したのに⁉　そして詫びたのにどいてくれないの⁉」

僕にグイグイと身体を押し付け密着させてくる。宝条さんの身体、めちゃくちゃ温かいし、いい匂いもするけど、よろしくない。これはよろしくない！

「ちょ、どいてください！　学校でこんなことしてるの不純ですよ！」

「あらあら、こんなの小鳥が囀《さえず》るような可愛《かわい》らしいコミュニケーションじゃないですか？狭間さんもこの程度のコミュニケーションはお友達とするのでは？」

「したことないし、こんなのダイレクトアタックも良《い》いところですよ！」

しかし、宝条さんは僕の上からどいてくれない。クソ！　はっきりいえばこの圧迫感は好みのシチュエーションだから、早めに切り上げねばやばい!!　具体的なことは言えないけど、狭間ジュニアの成長期が始まったらまずい！

「大体あと五分くらいで獅子堂《ししどう》先輩が来ますよ！　まずいですよ！」

獅子堂先輩にはさっき廊下で会って、そう言われている。

「あら、そうですか。残念です」

僕がそう言うと名残惜《なごりお》しそうにしながらも拍子抜けするほどしごくあっさり、宝条さんは僕の上からどいてくれた。

基本的にこの人、部員の前では絶対に変なことしないんだよな。「公私混同はしません」と言っていたけど、宝条さん、部活動を「公」に定義してる？

「そうですか。あと五分くらいで獅子堂さんが」

宝条さんは時計と僕の間で視線を往復する。

「失礼な質問かもしれませんが、狭間さんは早漏ですか？」

「僕が早漏ならあと五分で最後まで行くつもりですか⁉」

本当に失礼な質問だな！　ちなみに早漏かの答えは「わからない」である。いや、自分では「普通」だと思うけど、「男子シングル」しか経験がないからわからない。「男女ダブルス」とは全然勝手が違うと聞くからなぁ。

しかし、「わからない」なんて、宝条さんに伝えては「む。では確かめてみましょう！　わたくし、ストップウォッチを用意しますので、狭間さんはラブホテルの予約を！」とか言い出しかねないので黙っておく。というか、絶対に言う、この人は。

「しかし、宝条さん、一人暮らししてから変わりましたね。入部当初は物静かで、お人形さんみたいでしたのにね」

「あら、はしたない女はお嫌いですか？」

宝条さんは少しおずおずとして尋ねてくる。この人の場合、はしたないというのを超越してる感もあるけど……。しばらく考えて僕は答えた。

「入部当初のお人形さんだったころよりも、僕は今の宝条さんのほうが好感は持てますね」

セクハラ行為は困るけど、より親しくなったのはこうなってからだから、それは間違いがないだろう。

そして、僕がそう言うと宝条さんは顔を赤らめて照れた。

「まぁまぁ、入部当初のわたくしがラブドールみたいでしたか。わたくし、感度は高いほうですが、狭間さんが望むなら、無表情、無言を貫いてラブドールのふりをするプレイもやぶさかではありません」

「宇宙まで発想を飛躍させたな」

ちなみにその手の性癖の方々と戦争になるから声を大きくして言えないけど、僕個人としては無表情系の搾取はあまり好みではない。M性癖物として「無表情系の搾取」、マジに多いから僕がマイノリティなんだろう。

「ちなみに昔のわたくしがお人形なら、今のわたくしはどう思ってます？」

宝条さんは興味深そうな視線を僕に向けた。僕は少し考える。

「変態性欲ドエロ大魔王ですね」

「へ、変態性欲ドエロ大魔王⁉　なんと失礼な！　狭間さん、そこに座りなさい！　ブッコ抜いて差し上げます！」

「変態性欲ドエロ大魔王だ！」

「ん、ふふ、狭間さん、ひどいです」

僕のこの発言を冗談だとわかってくれているので、宝条さんはお腹《なか》を抱えて笑い出す。つられて僕も笑った。

予定どおりの時刻に獅子堂先輩が部室に入ってきた。

獅子堂先輩は談笑してる僕らを見て、「何を話していたんだろう?」と少し興味深そうな顔をしたが、すぐさま真面目な顔に切り替え、「ちょうどよかった」と言う。

「宝条と狭間。お前ら、この土日に部室へ来たか?」

獅子堂先輩が僕と宝条さんを見てそう聞いてきたので、僕らは首をかしげる。

「いや、寄ってませんね。僕は土曜、映画見に行ってましたし、日曜はバイトですね」

本当は土曜は宝条さんに内緒で是洞《これとう》さんと動物園に行ってたんだけど。

「わたくしは土日両方アルバイトです。借金は社会人になってからきちんと返しますが、当面の生活費くらいは自分で稼《かせ》ぎたいですね」

日曜は宝条さんと一緒にバイトだった。ちなみに僕と宝条さんのバイト先は同じだけど、宝条さんは「掛け持ちでもう一つ」バイトをしているようで、たぶん、土曜のバイトはもう一つのほうだろう。

「む。そうか。では、誰が……」

不思議そうにそう言った獅子堂先輩の言葉を僕は聞き逃さなかった。今、先輩、「では誰が犯人なんだ？」と言わなかったか？　しかし、結局、そのあとにその話題が再度出ることはなく、「めちゃくちゃな予算をかけたすごいCGのAVが出たらどうなるか？」というくだらないけど、面白い大喜利じみた話題でその日は終わった。

◇◆◇

そして次の日。事件が起きた当日。

僕と宝条さん、渡辺《わたなべ》君がちょっと昔のアニメについて談笑しており、佐波《さば》はだらしない姿勢で本《タブレット》を読んでいる。

そんな中、生徒会の業務を終えた獅子堂先輩が入ってくる。

今日は是洞さんは陸上部なので、これで全員だ。

「この間、見ていたストーリー物のAVが、最後に女優さんが男優さんを刺し殺すやつでな。正直、ああいうシーンがあると『この後、この人死ぬんだよな』と再利用性が低くなるから、監督のエゴであああいうの入れないでほしいんだが」

そんなふうに獅子堂先輩がお茶目ないつものドM倶楽部《くらぶ》トークを切り出し始めたとき。

コンコンと部室のドアがノックされた。

僕らの顔に緊張が走る。検証して、「ドアに近づかなければ少し大声で変なことを話しても、『何か話してるな』くらいはわかっても、内容まではわからない防音性」がこの部室にあることは理解しているが、不埒《ふらち》な活動をしている部だから、来訪者に緊張はする。

「誰だ？」

獅子堂先輩がドアに近づき、そう聞くと、ドアの向こうから「木暮《こぐれ》です。会長、部活中に失礼しますが、ちょっとお話が」と男の人の声がした。

一気に僕らは安堵《あんど》する。副生徒会長の木暮君だ。木暮君はクラスが違うけど、僕らの同級生で高校二年生である。

この部活が文学部のふりをしたドM倶楽部とは知らないが、獅子堂先輩に用事があるときにちょくちょく部室に尋ねてくるので、「比較的よく来る来訪者」であった。

獅子堂先輩は廊下に出ると、廊下で木暮君と話し始める。

「風紀委員が？　それはおかしいな」

「とにかく複雑な案件でして……」

ドアを開いたまま話してたので聞き耳を立ててるが断片的な言葉は聞こえても、内容まではわからない。

しばらくして少し困った顔の獅子堂先輩は戻ってくると「すまん。風紀委員の案件で俺の力が必要みたいだ」と断りを入れ、生徒会室に戻ってしまった。

「風紀委員ってアリスか」と佐波がつぶやく。

僕としてはさっきの先輩が切り出したＡＶの話、結構気になる導入だったなぁ……。

僕がそんな呑気《のんき》なことを考えていると、しばらくするとさっきよりも力強く、ドアがノックされる。

「はいはーい」

呑気に佐波がそう言ってドアを開けようとする。しかしその人物の声を聞き、佐波の手が止まった。

「部活中にすまんのう。アリスじゃ。入っていいかの？」

「え⁉」

意外すぎる来訪者だった。何をどう考えても「ドＭ倶楽部」最大の敵は風紀委員だろう。

僕たちは顔を見合わせ、慌てて部室を一瞥《いちべつ》する。物理的な本はカギのかかった棚の中、エッチなものが入ったタブレットにはパスワードがかかっている。見える位置に変なものは置いていなかった。僕らは無言でうなずき合う。

「ど、どうぞ」

この部活、正式な「文学部」も裏の「ドＭ倶楽部」も副部長は実は僕である。獅子堂先輩が不在の今、僕には場を取り仕切る必要があった。

アリスは竹刀《しない》を片手に部室に入ると部内をきょろきょろと見回した。相変わらず美しい顔をしているが、その表情に緊張感や警戒心が見え隠れしていることに気づき、僕は息をのむ。少なくとも平穏な要件ではないのは間違いなかった。校則違反部活のドM倶楽部が学校内で一番警戒するべき相手は暴君アリス・ウォーノック率いる風紀委員会である。

「ふむ」

アリスはそう言うと断りも入れずソファーに腰を下ろした。宝条さんがティーカップの準備をする。

「アリスさん、何の御用ですか？　何か飲みます？　紅茶でも入れましょうか？」

文学部内にはケトルも用意してある。お茶と茶菓子を食べながら駄弁《だべ》る僕らである。

「緑茶はあるかの？　紅茶は嫌いじゃ」

イギリス人なのに紅茶嫌いなのかよ！

手際《てぎわ》よく宝条さんは緑茶を入れると、それを飲みながらアリスは僕らを見回した。

「それで、アリスさん。今日は何の用事ですか？」

僕がおずおずと尋ねると、アリスは大袈裟《おおげさ》にうなずき、予想もしなかった意外すぎる話題から切り出した。

「おまんら、『風紀』の対義語はなんじゃと思う？」

え、何その話？　僕らは急に始まった話に顔を見合わせて困惑しながらも、議論する。

「風紀の対義語は、『混沌《こんとん》』とか？」

「うーん、なんとなく『混沌』の対義語は『秩序』な気がします」

「無法というのはどうでござろう？」

「そもそも風紀ってどんな意味だ？」

それぞれの部員が意見を出すとアリスは「やれやれ」とばかりにため息をついた。

「おまんら、わかってないのう」

そして謎の話題、「風紀の対義語」をアリスは答える。

「風紀の対義語は『エロ』じゃ！」

「『エロ』ではないんじゃないですか⁉」

思わず僕はツッコむ。

「いや、『エロ』じゃ！　風紀という意味を調べてみるぜよ。風紀には『男女交際の節度』が大きく含まれちょる」

そう言ってアリスは本題だとばかりに猜疑心《さいぎしん》の強い目で僕らを見る。

「で、わしら風紀委員にタレコミがあった。タレコミによるとこの部屋にエロが隠されとるらしいのう？」

「え⁉」

僕らに衝撃が走った。

まず、タレコミは事実だ。この部活はドM倶楽部だから、タブレットにはエロデータ、棚にはエロ本が入っている。エロはこの部屋に隠されている。

だけど棚にはカギがかかっているし、エロ系のタブレットは全部パスワードで管理されている。表立ってないのだ。

いったい、誰のタレコミだ？　誰がこの部室についてアリスに情報を売ったんだ？

いや、今はそれどころじゃない。目の前にある「アリス・ウォーノックという危機」を僕らは切り抜ける必要がある。しかも、頼りになる獅子堂先輩がいない。

アリスは部室内を見回した。そして、つかつかと棚に近づく。そこは紙の本が隠されている棚だった。

（おいおいおいおい）

そして、アリスは棚を開けようとして……開けられなかった。棚にはカギがかかっていた。当たり前である。無警戒に持ち込み禁止物を入れるほど僕らはおろかじゃない。

「これのカギはどこじゃ？」

瞬間、宝条さんと僕は顔を見合わせうなずき合う。実は部室と棚のカギを持っているのは、獅子堂先輩、僕と宝条さんの三人であり、今、僕と宝条さんは部室のカギのほか、棚のスペアキーを所持している。

しかし、そんなことを口に出すわけにはいかない。

「残念です。カギの管理はわたくしですが、今日は家に忘れてしまいました。今から取りに行きましょうか？」

宝条さんは嘘《うそ》がうまい。表情や言い方もうまいが、「今から取りに行きましょうか？」という自分に不都合な部分を嘘に混ぜることでリアリティをあげている。

アリスは憂《うれ》いのこもった美しい顔で宝条さんをじっと見ると意外な言葉を発した。

「嘘じゃな？　宝条、おまんはカギを持っとるじゃろ、今」

「え？」

宝条さんが絶句した瞬間、アリスの動きは早かった。次の瞬間、素早く立ち上がり宝条さんを抑えつけると、強引にその身体をまさぐる。美女同士が乳繰り合ってる姿だが、当然ながらポジティブな感想を抱いている場合ではない。

「ああん！」

アリスは宝条さんのポケットから、財布とパスケースを取り出し、中身を検《あらた》める。そして、眉を顰《ひそ》めると宝条さんのカバンに手を伸ばし、その中身を漁り出した。手際が良すぎて止める間もなかった。

「おいおいおい、アリス！　そりゃいくらなんでも無法だぞ！」

佐波が文句を言った。

「ふん。棚の中に何もなければ詫びるぜよ」

しかし、アリスは聞く耳持たず、やがて宝条さんのカバンのサイドポケットからカギを見つけ出す。

ここまでのあまりの強引さと手際の良さに止める暇がまったくなかった。

風紀委員にエッチな本が見つかれば終わりである。

ここで終わりなのか、ドM倶楽部は？　僕がすでに発見された後のダメージコントロールについて思いを巡らせていると、ドアを開けてあの人が帰ってきてくれた。

「アリス・ウォーノック。俺の城で越権行為は見過ごせんな」

そう言いながら部室に入ってきた獅子堂先輩はアリスをにらみつける。

アリスは獅子堂先輩を一瞥し、舌打ちした。

「早いな」

「風紀委員の持ち込み案件を確認したところ緊急性は低いのに、内容は複雑、それを緊急と言ってきてるからな。まるで俺を文学部から引き離したいようじゃないか？」

「さぁ？　よくわからんが、何のことじゃ？　わしは生徒会への持ち込み案件には嚙《か》んでないがのう？」

とぼけるアリスだが、嘘は下手なようで少し緊張したその言い方は僕でも「嘘だな」とわかった。アリスはそこまでやる女らしい。

とにかく、僕たちは安堵した。獅子堂先輩ならこの緊急事態でもうまく立ち回れるはずだ。

こうして風紀委員長と生徒会長は対峙《たいじ》する。両者とも役者のような美男美女なので見ようによっては映画のワンシーンのようだが、内情としては「エロかエロじゃないか」というくだらない戦いでもある。だが僕らの死活問題だ。

「そもそも、この部室に何の用だ、アリス」

「タレコミじゃ。ここにエロが隠されとると聞いてのう」

しかし、タレコミなんてそんな馬鹿な。僕らがドM倶楽部だと知るのは部員だけだ。

僕はハッとして部員たちの顔を見た。

まさか、誰かが裏切ったというのか？

「エロ？　ここは文学部だぞ？　そりゃ多少は性的な文学はあるが、その程度だろ。お前は検閲でもするつもりなのか？」

風紀委員と生徒会。敵対はしていないらしいけど、共に「現リーダーのマンパワーが強く例年を超えた権限を持っている組織」としてよく話題に上がる。もし敵対となれば大きな戦争になりかねないなか、獅子堂先輩は正面からアリスを受け止めた。

「自分の潔白を証明したいなら、会長は今、その棚を開けられるか？」

アリスが竹刀で棚を示しそう言うと、獅子堂先輩は肩をすくめてため息をついた。

「やれやれ。そんな下らん問答をしてたのか？　棚か。棚ね」

そう言いながら獅子堂先輩は平然と棚に向かって歩いていく。

部員全員が絶句して会長を見ていた。

え⁉　いいの⁉　棚の中には大量のエロ本があるんですよ⁉

そして獅子堂先輩は棚のカギを開けると、そのまま扉を開いてアリスに見せた。

「何もないぞ？」

棚の中は空だった。

（ええ⁉　なんで⁉）

そんな馬鹿な。あの棚には確かに色々な本が山積みになっていたはずだ。それが煙のように消えるはずがない。

僕らは唖然《あぜん》とするが、獅子堂先輩は平然としている。アリスは眉根を寄せて、棚の中を見るが、本当に空っぽだった。僕らはキツネにつままれたような顔をするしかなかった。

どういうトリックだ？

「もういいだろ？　ここには何もない。普通の文学部だ。帰ってくれないかな？」

獅子堂先輩が呆《あき》れたように言う。アリスは恥をかかされたと思ったのか、少し紅潮した顔で反論した。

「いや、タブレットが気になるぜよ。タブレットを見せろ！」

「タブレットか」

獅子堂先輩はそう言って、タブレットの一つを手渡した。それは普通の読書用タブレットで、変なデータが入っていないものだ。アリスはタブレットを受け取ると、入念に調べ出した。しかし、怪しいデータはない。当たり前だ。データはきちんとすみわけされており、部内には「エロ専門タブレット」と「読書用タブレット」の二種類が存在してるからだ。

「むぅ。何もないのう」

アリスは入念にデータをチェックしていたが、諦めてタブレットを返す。

「普通の文学部だよ。エッチな物なんて学校に持ち込むはずがない。それに持ち込んでどうするんだ？　みんなでハァハァするのか？　ここには女性部員もいるんだぞ？」

「確かに。言うとおりじゃ」

その女性部員が一番ド変態なのは置いといて。いや、今は是洞さんもいるから、「女性部員の片割れが」と言わなきゃ失礼か。

その場をしのぎ切って、僕らは安堵する。アリスは部室から出ていこうとして……。

「待て。最後にその右端のタブレットを見せてくれんかの？」

振り返ってそう言った。僕らはめちゃくちゃ驚く。右端のタブレットはドンピシャでエロ専用タブレットだったからだ。

「見てどうする？　さっきと同じものが見えるだけだぞ？」

獅子堂先輩は動揺を一切《いっさい》表に出さず、平然とそう言う。

……？　そのとき、獅子堂先輩の後ろにいた僕は先輩が机の下でスマホを弄《いじ》っているのが見えてしまった。アリスからの死角で何かやっているようだ。スマホから遠隔でタブレットのデータを消すアプリでもあるのか？　いや、なさそうだけど……どうなんだろう？

「あ、俺、ちょっとトイレ行ってくるわ。十分くらいで戻ってくるから」

突然、佐波がそう言って退室した。

獅子堂先輩は視線で佐波の様子を追う。

アリスも訝《いぶか》しげな顔で出ていく佐波を見ていた。

「そもそも、不思議なんじゃが、なぜにこの部室はこんなにタブレットが多い？　見たところ、八台くらいあるじゃろ。部員と同じ数の五台で十分では？」

タブレットの多さは獅子堂先輩が本のジャンル別にタブレットを用意してるのとエロ専用のタブレットが混在してるせいだけど、アリスの言葉に僕は違和感を覚えた。「部員と同じ五台でいい」？　それはおかしくないか？

しかし、疑念は思考として固まる前に獅子堂先輩の言葉が聞こえてしまい、そっちに意識が持っていかれる。

「そうだな。話せば長くなるな」

獅子堂先輩はゆっくりとそう言った。その獅子堂先輩の態度を不自然に感じて僕は軽く首をかしげる。なんだろう？　獅子堂先輩は何か時間を稼ごうとしてないか？

「アリスは電子書籍を使うか？」

「漫画アプリも電子書籍と数えるなら、読むほうじゃな。わしゃ漫画が好きじゃ」

アリス、漫画読むんだ。意外だなと思いつつ、僕は「獅子堂先輩が時間を稼ぎたがっている」と察して、アリスに話しかける。

「アリスさんはどんな漫画を読むんですか？」

僕がそう聞くとアリスは少し嬉《うれ》しそうに答えた。

「わしは最近の漫画では『チェンソーマン』『ザ・ファブル』『葬送のフリーレン』『ダンジョン飯』が好きじゃな」

「結構読んでますね。日本語の勉強ですか？」

「わしはむしろ英語がまったく読めん。わしは漫画が好きじゃから読んどるだけじゃ」

そういえば噂《うわさ》だと英語の成績悪かったたな……。しかし、僕もタイトルを知ってるような割と有名な漫画が多かったけど、少なくとも意外にも「アリスはガッツリと漫画を読んでるタイプ」と判明した。

でも、残念ながら僕はアリスが挙げた漫画を一冊も読んでなかった！　これ以上の時間が稼げない！

しかし、意外すぎる手合いが横から口を出してきた。

「あ、『ザ・ファブル』！　わたくしも昨日、無料公開されている分を読みましたが、面白すぎたので全巻買ってしまいました」

宝条さんのお金は獅子堂先輩の借金なんだから、あんまりそんな使い方しないほうがいいような気もするけど、宝条さんは十七歳まで箱入り娘だったからまともな金銭感覚が身についていないのかもしれない。というか、高い可能性として「獅子堂先輩がめちゃくちゃな金額を貸した」可能性は結構あるな。あの人も金銭感覚が壊れてるんだよな……。

アリスは嬉しそうに話に食いつく。

「おお！　そうか！　ファブルは面白いからのう！」

「わたくし、あまり漫画は読まないのですが、あの佐藤洋子《さとうようこ》がめちゃくちゃ強いと判明するシーンは『え？』と思って、三回くらい見直しましたね」

「あれは面白かったからのう！　宝条はどのキャラ好きじゃ？」

「アザミですね」

「わしもじゃ！　あれを嫌いになるやつはそうそうおらんぜよ！」

そうやってしばらく、宝条さんとアリスは『ザ・ファブル』の話で盛り上がる。というか、僕も獅子堂先輩も渡辺君も微妙な笑みを浮かべてるけど、部活の男子、僕を含めて『ザ・ファブル』誰も読んでないのか！　あれ、たぶん、女子より男の子が好きな類だろ！

相当、盛り上がっていたが、そのうち、アリスがハッとして話を切り上げた。

「いかんいかん！　漫画の話をしにきたわけじゃないぜよ！　タブレットを！　早くその、右のタブレットを見せろ！」

　ここまでか。獅子堂先輩が何を待っているのかわからないが、必要な時間は稼げたのか？　僕が獅子堂先輩を心配そうに見る。獅子堂先輩は「仕方ない」というふうにゆっくりと立ち上がり、タブレットの元へ向かおうとして。

　次の瞬間、部室の外がとても騒がしくなった。

「何事じゃ⁉」

　アリスが胡乱《うろん》そうにドアを見ると、ドアが開かれ、生徒の一人が入ってきた。腕に風紀委員の腕章をしている。

「た、大変です！　アリス風紀委員長！」

「なんじゃ？」

「佐波が風紀委員執行室に乱入して、史倉《しくら》副委員長のスカートをめくって『うほほーい！』と叫んで逃げました！」

　アリスが驚いたが、僕らも全員驚いていた。

　え、佐波何してんの⁉

「はぁぁぁぁ⁉　あのわりこと悪《さ》しやきをエロガキ！　なにしとるんじゃ！」

　全ギレしたアリスが立ち上がり、猛ダッシュで廊下へ向かう。

「ゴラぁぁぁ、佐波ぁぁぁぁ‼」

　そして風紀委員の腕章をつけた生徒も一礼すると、アリスの後を追う。

僕らはポカンとしてその様子を見ていた。

「……いかん！　早くドアにカギをかけて、タブレットのデータを消せ‼」

金縛りが解けたように獅子堂先輩が命じて、僕らは部屋のドアを閉めてカギをかけると慌てて、タブレットを操作する。

「先輩、佐波に『スカートをめくれ』って命令したんですか⁉」

データ削除作業中にそう尋ねる。

「そんなはずないだろ！　俺はトークアプリで『アリスを外におびき出せるか？』って聞いたらあいつが反応をしたから、時間を稼いでもらっただけだ！　まさかそんなことをすると思うか⁉　校則違反スレスレだぞ！」

「ギリギリアウトでは⁉」

「だが、あいつは俺たちのためにやってくれた！　ここは職権濫用してもギリギリセーフにしなければ男が廃《すた》るだろ！」

そう告げる獅子堂先輩に続き、いつもなら佐波のこういう行動にかなり厳しい宝条さんが珍しく佐波を褒める。

「そうです！　クズの行動ですが、値千金《あたいせんきん》のアクションです！」

会話しながらも僕らはタブレットの操作を止めてない。

そして、三分くらいたっただろうか。順調にデータ削除が始まったとき、ドアが開けられようとしてカギがかかってるので開かず、その直後、ドアが乱暴に叩《たた》かれ始めた。

「ゴラァ！　アリスじゃ!!　佐波は捕まえたぞ！　なぜ、ドアが開かん⁉」

「佐波捕まるの早っ⁉」

いや、「アリスが捕まえるの早っ」というべきか。

まだ全タブレットの消去は済んでいない。

僕はドアに近づくと「あれ、おかしいですね？　カギはかかってないんだけどなぁ。なんで開かないんだ？」と白々しく言う。

「……」

ドアの向こうでアリスはしばらく無言だったが、やがてガチャガチャと音がすると、カギが回り出した。

（うわ、アリス、文学部のカギを持ってるぞ⁉）

そうだ！　棚を開けるとき、宝条さんのカギ束《たば》を奪ったままだったんだ！　あのカギ束には部室のカギもついている！　今、タブレットのデータの削除中だ。現行犯で乗り込まれたらなかなか言い訳に苦しい状況だろう。

どうするか迷っていると、渡辺君がドアを押さえつけた。

（そーい！）

むろん、アリスへの露見を避けるために無言だが、口は「そーい」と動く。

アリスは比類ない怪力とはいえ一応女子である。

校内男子最強の相撲取り候補、渡辺君の力でドアを押さえつけられたら開くはずがない。

「ぬ⁉　カギは開けたのにドアが開かない⁉　なぜじゃ⁉　おまんら、何かで押さえつけとるな！　ゴラァ！　開けんかぁ！」

渡辺君が獅子堂先輩を見る。

(結構力強い。あと何分稼げばいい？)

(あと五分頼めるか？)

そんなやり取りを無言で男たちはして、アリスは必死にドアを開けようとする。

「お、おい！　ドアが微動だにせんぞ⁉　中で何か突っかかとらんか！」

その声色《こわいろ》には焦《あせ》りや純粋な疑問が含まれていた。

「えー？　おかしいですね、なんで開かないんだ？」

白々しく僕はそう言うと、結構本気で押さえつけている渡辺君を「アリス、どんだけ力強いんだ」と心配そうに見た。

五分後、獅子堂先輩の指示でドアは開き、肩で息をしながら入ってきたアリスは呆れた顔で全データ削除が済んだタブレットと僕らの顔を交互に見る。

「ほーん。つまり、おまんらの主張は佐波が史倉のスカートをめくった件にはまったく関与していない。佐波が勝手にやった。そいで、わしが要求した右端のタブレットは最初から空データの物じゃった、と？」

「ああ」

獅子堂先輩は大真面目な顔でうなずく。アリスはじろりと獅子堂先輩をにらみつける。

「苦しいとは思わんのか？　なぜ空のデータのタブレットを置いている？　わしが部室に入れん隙に消したんじゃろ？」

「空のタブレットはこれからデータを入れる予定だったんだ」

「通るかー！　げに《本当に》あやかしいことほじゃくな《いいかげんなことを言うな》ー！　おまんらは《お前らは》しでるぞ《殴るぞ》!!」

しょうわりことしやったんじゃろ《すごく悪さしたんだろ》！　めっそう《すごく》、ぼっこなことすな《思いきったことはするな》！

なんて言ってるの!?　獅子堂先輩はキレ散らかすアリスに少し照れたように言う。

「ふむ。まぁ、実はお前の言うとおりでタブレットのデータは確かに消している」

え!?　そこ言っちゃうの!?　僕らは驚いて獅子堂先輩を見た。

「ほら、わしの言うとおりじゃ！　どーせ、タブレットにしょうもないエロがつまっちょったんじゃろ!?」

憤慨するアリスに獅子堂先輩は一つタブレットを差し出した。

「実はな、アリス。タブレットのデータを消したのは、お前にこれを見せないためだ」

え!?　まさか、先輩、アリスにタブレットを見せるのか!?　僕らが驚いていると、アリスは渡されたタブレットの内容をしばらく確認し、納得したようにうなずく。

「なるほど。『宇崎ちゃんは遊びたい！』、『生徒会にも穴はある！』『イジらないで、長瀞《ながとろ》さん』『ゆらぎ荘の幽奈さん』『異種族レビュアーズ』『淫獄団地』等々、か。ふん。微エロ漫画じゃな。隠したくなる気持ちもわかる」

アリスはちょっとエッチな漫画の数々を口にして納得したようにうなずいた。

僕は少し驚く。

あのタブレットにそんな漫画のデータ入ってなかったはずだ。

ん⁉　まさか買ったのか⁉　この五分で、偽装用にちょっとエッチな漫画を⁉

そして宝条さんが何か意外そうな目でアリスを見ていた。

なんだろう。何か気になるのかな？

「しかし、なぜこのタブレットは漫画を残しとったんじゃ？」

アリスは当然の疑問を口にする。

「良心の呵責《かしゃく》だな。本当に全部のタブレットからデータを消していいのか？　アリスに申し訳なくないかと思ったら、とても消せなかった」

シレッと獅子堂先輩が言うと、アリスは目を細めて獅子堂先輩を見て「ふーん？」と口にする。

「まぁ今日のところは下がる。これは没収じゃ」

そう言って、アリスはちょっとエッチな漫画が入ったタブレットを持っていき、とりあえず嵐が去った部室で僕らは安堵の息を吐いた。

◇◆◇

散々アリスから非合法の拷問を受けたズタボロの佐波が部室に帰還してくる。客観的に見れば「スカートめくりして風紀委員に捕まったどうしようもないやつ」だけど、僕らからすれば英雄だ。

獅子堂先輩が、満身創痍《まんしんそうい》の佐波の肩をがっしりと摑《つか》む。

「佐波！　本当にありがとう！　お前が身体を張ってくれなかったら我々の部は廃部だっただろう。生徒会としてはできうる限りお前の罪を軽減するように努める」

「いや、いいってことよ。それに史倉先輩、優しいから、たぶん停学とか退学までは絶対にいかねぇよ。……いかないよね？」

でも本当に佐波は身体を張ってくれた。命を懸けてこんなボロボロになってまでドM倶楽部のためにこいつが動いてくれたのが意外だった。

「佐波。本当にありがとう」

僕がそう言うと佐波はちょっと照れを隠すようにムスッとして言った。

「まぁ俺もキタローっつーか、文学部に恩義があるしな。このくらい、軽くはねぇけど構わねぇよ。恩返しだよ」

佐波は話がそれでおしまいとばかりにそっぽを向くが、僕は佐波の発言が気になり、話を拾ってしまう。

「恩義？」

佐波は少し気恥ずかしそうに答える。

「うるせぇな。俺、この高校に文学部があるのも知らなかったし、正直、入ってよかったよ、この部活。今、高一のころよりかは楽しいよ」

「それはお前、うちの本が目当てだろ？」

獅子堂先輩がからかうように言う。佐波は少し心外だという顔をするも、やはり気恥ずかしそうにして叫んだ。

「あー‼　本だけじゃなくて、みんなとも出会えて普通によかったと思ってますよ！　まー、性癖はどうかと思うけど、あんたら普通に面白くていいやつだしな！　くそ、照れ臭いから言わせんな！」

「む。勘ぐってすまんな」

獅子堂先輩も佐波も照れたように顔を赤くし、お互いに顔をそむけた。

なんだこれ。宝条さんが「やはりサバ×シシか」とつぶやく。

その後、当然、部活は「アリス襲来」の話で持ちきりとなる。

「しかし、誰のリークなんだ、いったい」

獅子堂先輩の問いかけに宝条さんが手を挙げる。

「まず、わたくしは佐波さんを疑いましたが、違いますね」

「俺疑われてたの⁉」

佐波は心外だとばかりに目を見開く。

「貴方《あなた》は『文学部からエロを抜く』を動機のリークがあり得た。しかし、疑われる人が学校からの処罰をかけてあんなことをするはずがない」

「そりゃそうだ。身体張りましたよ」

佐波はうんうんとうなずく。僕は「佐波犯人説」はまだちょっと疑っている。それはうっかり、誰かに文学部はドM倶楽部だと漏《も》らし、佐波本人は無自覚」なケースだ。アホなこいつならやりかねないが、本人が無自覚な点を論点にあげても仕方がない。

「そして宝条さんは言葉を続けた。

「では、あまり言いたくありませんが、犯人は是洞さんではないでしょうか？」

意外な人物の名前が挙がり、僕は驚いた。

「そんなはずありません！　是洞さんは絶対にそんなことする人じゃない‼」

思わず、少し激昂《げきこう》して宝条さんへ迫る。

「まぁ狭間さん、お顔が怖いですよ。わたくしだって、ライバルである是洞さんを疑いたくありませんよ。ただ消去法と言いますか、わたくし、佐波さん以外の皆様を疑ってないので。ただ是洞さんだけはよくわからないし、動機もあるように思えます」

「動機？」

「ドＭ倶楽部が潰れれば狭間さんは変な部からフリーになりますし、狭間さんとわたくしとの接触の機会も減るでしょう？　是洞さんもドＭ倶楽部に入ったとはいえ、陸上部が忙しく、週一の参加も難しい状態。今日もいませんし」

確かに。動機として理に適《かな》ってはいる。それは動機になりえるような気がするし、佐波なんかは納得してうなずいている。しかし、是洞さんがそんなことをするはずがないし、仮に万が一、是洞さんがそんなことをしていても、今、僕が彼女を疑うわけにはいかない。

「賭けてもいいですが、絶対に是洞さんじゃないです。もし是洞さんが犯人なら、宝条さんのどんな命令にも従ってあげますよ！」

そしてそれを聞いた瞬間、宝条さんが驚いて椅子からずり落ちた。

「へぁ⁉　今、狭間さん、なんとおっしゃいました⁉　わたくしの命令を聞くと⁉　どんな命令でもですか⁉」

あまりに鬼気迫る顔でそう言うものだから、発言した僕がおじけづく。

「し、死んだり、四肢が欠損するような命令じゃなければ……」

僕の発言にめちゃくちゃ目を輝かせて宝条さんは言う。

「わかりました！　約束ですよ？　代わりに犯人確定まで是洞さんを疑いません！」

そう言って宝条さんは鼻息荒く色々と妄想をし、僕に質問をした。

「ちなみに、『どんな命令にも従う』は全裸に犬耳をつけてお外を散歩するような命令でもですか⁉」

「うぐ！」

僕はそういう羞恥方面や露出方面のM性癖ではないんだけど吐いたツバは飲み込めず、僕は肯定する。そもそも是洞さんは犯人であり得ないのだから。

「いいでしょう。もし是洞さんが犯人なら僕は宝条さんの犬になりますよ」

「いえ、全裸で犬耳をつけるのはわたくしで、リードを持つのが狭間さんですが？」

「そういえば、この人もドMだった！　でも意外ですね。『わたくしとお付き合いしてください』とかは言わないんですね」

「そんなもので狭間さんと付き合ってもそれは貴方を手に入れたことになりません。わたくし、ランプの魔人がいても狭間さんを望むことはしませんよ。あくまで、自分の力で手に入れます。もしこの賭けに勝っても肉体関係は迫らないので安心してください」

変なところは律儀で男らしい宝条さんだった。

ちなみに後日の話になるが、僕はこの約束をしたことをめちゃくちゃ後悔することになる。

後に思えば「是洞さんが犯人なら、どんな命令にも従う」という約束はあまりに僕側の条件が甘すぎるものだった。

「俺も是洞が犯人ではないと思う。彼女は善の人間だよ。今は別の説を検討しよう」

僕は手を挙げた。

「その前に質問良《い》いですか？　どうやって棚の中を空にしたんですか？」

宝条さんも僕の問いに「うんうん」とうなずいた。皆、興味津々に獅子堂先輩を見る。

獅子堂先輩は首を振る。

「いや、大した話ではない。本は昨日俺が全部持ち帰っただけだ」

「先輩、あの量のエロ本を全部持ち帰ったのか⁉　どんだけやる気満々だよ！　すげぇシコってんな！」

佐波が驚愕《きょうがく》してツッコむ。確かに本の数は軽く二十冊は超えている。

「ち、違うぞ⁉　自分で使うために持ち帰ったんじゃないからな⁉　悪い予感がしたから棚を空にして、ついでに本は虫干ししただけだ！」

獅子堂先輩は真っ赤《まっか》になって弁明する。獅子堂先輩は性癖的にも話の流れ的にもそういう「一人遊び」はしてるだろうけど、絵がすごく思いつかないんだよな。

「なんで会長はあの大量の本を持ち帰ったのでござるか？　悪い予感？」

　当然の疑問を渡辺君が口にすると、獅子堂先輩はとんでもないことを口にした。

「おそらく、関係がある話だと思うのだが、この土日に部室が何者かに侵入された形跡があってな。俺が月曜の昼に所用で部室を訪れたとき、棚のカギが開いていて、物の位置が大きく変わっていたんだ」

「え⁉　そうなんですか⁉」

　それは結構ショックな話だった。

「ああ。だから月曜日に宝条と狭間に土日に部室を利用したか確認して、二人とも使ってなかったから、念のため、本は隠しておいたのだ。タブレットもデータを消せばよかったが、スクリーンタイムを確認したところ、パスワードを突破されてはいなかったので安心していた。油断だったな」

　獅子堂先輩の言葉に佐波が少し不思議そうに言う。

「俺と渡辺には土日の利用を確認しなかったな」

「お前らはカギを持ってないから物理的に入れんだろうが。ただ早めに情報をシェアしておくべきだったな。反省点だ」

「では、シンプルに考えると侵入者がイコールで犯人では？」と渡辺君が言う。

「確証はないが、怪しいのは間違いない。いったい誰が侵入したんだ。カギは俺と宝条と狭間しか持っていないはずだが」

僕らは悩むが答えは出ない。渡辺君は新たなる仮説をあげる。

「顧問の先生は？　顧問もカギを持ってるでござろう？」

「え、ドM倶楽部に顧問いるの？　てっきり不在かと思った」

渡辺君の意見に佐波が驚く。佐波以外の全部員が呆れて佐波を見て、獅子堂先輩が佐波に説明する。

「お前、最初に説明しただろ。化学の小林《こばやし》先生が顧問をやってるよ。もちろん『文学部』としてだが」

とはいっても、僕も文学部としては小林先生に会ったことはないし、授業を受けてるけどその話をしたこともない。

佐波は嫌な顔をして「げぇ、小林のおっさん、顧問だったのかよ。性格悪いよな、あいつ」とつぶやく。

「よく言って放任主義、悪く言えば面倒くさがりの先生だからな」

「なら、小林先生の侵入はアリエールなのでは？」と渡辺君が言う。

「いや、絶対とは言い切れないがたぶん違うな。小林先生は基本怠惰でダメな先生だ。文学部がドM倶楽部だなんて把握はしてないし、『楽な部活の顧問でラッキー』と思っている人だ。万が一、文学部内でエロ本を見つけても、絶対に問題にならないように事実を隠蔽するか、俺個人への注意で終わらせるはずだ。それに教師がわざわざ風紀委員を通じて注意をしてこんだろ」

確かに。獅子堂先輩の話は理に適っているように聞こえる。

やはり答えは出ない。僕らが悩むと、宝条さんが「あ、そういえば」と口にする。

「どうした？」

獅子堂先輩が顔を向けると、宝条さんは少し照れ臭そうに言った。

「あ、いえ、あんまり関係ない気づきです。忘れてください」

「言ってみていいぞ。何が重要事項につながるかわからんからな」

「そうですか。では」

そう言って躊躇《ちゅうちょ》しながらも宝条さんは自身の考えを告げる。

「ふと思ったのですが、アリス・ウォーノックはむっつりスケベなのでは？」

「本当に関係なさそうですな」

渡辺君が思わずツッコミを入れる。

「しかし、宝条殿。なぜに、アリス氏がむっつりだと思うでござるか？　むしろ、拙者の印象は逆でござったか？」

促《うなが》された宝条さんは自分の考えを告げる。

「『宇崎ちゃんは遊びたい！』『イジらないで、長瀞さん』『ゆらぎ荘の幽奈さん』。これらを聞いて獅子堂さんと渡辺さんと狭間さんは何を連想しますか？」

「ちょっとエッチな漫画だな」

「ちょっとエッチな漫画でござろう」

「ちょっとエッチな漫画ですね」

僕らがそう答えると、佐波だけは意外そうな顔をした。

「え⁉　そうなの⁉　今の漫画全然知らないけど、エッチな漫画なの⁉　あ、でも『ゆらぎ荘の幽奈さん』は知ってるかも！　『ジャンプ』のやつだろ？　あれはエッチだった気がするな！」

佐波がそう反応して僕らも気づいた。直球タイトルや直球表紙の『生徒会にも穴はある！』や『異種族レビュアーズ』はともかく、タイトルや表紙だけでは普通、エッチな漫画かどうかはわからないはずなのに、アリスは「なるほど。微エロ漫画じゃな」と即答した。これは知っていなきゃおかしい。

あのアリス・ウォーノックが⁉　むっつりスケベ⁉

そういえばアリス、微エロ漫画のタブレット持ち帰ってる！　持ち帰って読む気か⁉

だけど、その仮説は……残念ながら……。

「最初に立ち返るが、確かにだからといってどうだという話ではあるな」

獅子堂先輩は僕とまったく同じ結論を言う。

「だから忘れてくださいって言ったじゃないですかー！」

宝条さんがちょっと怒って言った。

このときは気づかなかったけど、後に思えば、この情報は値千金、クリティカルな情報となる。「アリスがむっつりスケベ」という話はこの騒動を決着づけた重要情報と呼んで過言ではなかった。

「さて、なんであれ、まずは『犯人捜し』という点は賛成だ。そこでできる手を打つために俺は明日、史倉副風紀委員長に声をかけ、昼食を一緒に食べようかと思う。幸い、彼女は俺のクラスメイトだ」

「なるほど。アリスを直接落とさず、史倉副風紀委員長を落とすんですか」

史倉海《うみ》副風紀委員長。高校三年生で一重まぶたにショートカットの女子で、聞いた限り温厚な性格である。二期連続で「副風紀委員長」を務めているが、これは本人には不名誉なことかもしれない。彼女が三年になった際、「風紀委員長は史倉海」と目されていたが、アリスに選挙で負けたからだ。温厚な彼女が内心でアリスをどう思っているかは不明だが、表向きは謙虚にアリスを支えている。

「悪くないですね。案外それで犯人は判明するかもしれません」

とりあえず、それが最善手に思える。そして佐波が手を挙げた。

「ちなみに、史倉先輩のパンツの色は薄い桃色だったぞ」

さっきスカートをめくった佐波が真顔でそう言うと部内がシーンとする。全員軽く引いていた。

「あれ、お前ら下ネタ大好きじゃねぇの?」

「生ものはさすがに慎重になるよ」

僕がそう告げて、宝条さんは「クズめ」と罵りたい衝動を抑えている顔をしていた。一応、今日の功労者である佐波を罵倒しない配慮は宝条さんにもあるらしい。

その日はその後もしばらく話し合いは続いたが、結局は獅子堂先輩の案以上のものは出なかった。

◇◆◇

獅子堂信念《しんねん》は普段は生徒会メンバーと昼食をとっているが、時折、「圧の強い俺がいては生徒会メンバーもリラックスできんだろ」と生徒会での食事を欠席している。

そういうときは個人的な友人たちのほか、狭間と一緒に食事をしているが、史倉海に昼食時に声をかけるのは初めてだった。

「史倉君」

史倉と獅子堂は会話をしないわけではないが、大きな接点はない。その獅子堂が昼食の入った包みを持って史倉の前に現れたとき、さすがに彼女は狼狽《ろうばい》した。

「よかったら、今日の昼は一緒に食べないか？」

獅子堂がそう声をかけるといつも史倉と一緒に食事をしている友人グループはその様子を見て「キャー！」と黄色い声をあげ、「海！　今日は獅子堂君と一緒に食べなよ！」「私らはいいからさ！」「玉《たま》の輿《こし》じゃん！」と口々に言った。獅子堂はハンサムであるが、クラス内で浮いた話はないし、告白した女性を全員フッていると聞く。女子を昼食に誘うのは極めて珍しかった。

「もー！　そんなんじゃないって‼」

そう言いつつも史倉海は「いったい、何の用事なんだろ？」とドキドキして変な期待をしてしまう。その期待を裏切られ、がっかりするのは数分後の話である。

「アリス委員長への、依頼者、かぁ」

妙にがっくりと肩を落とした史倉海がそう言い、獅子堂は「なにをがっかりしてるんだ？」と訝しげに史倉を見る。

「力になれなくてごめんね。あの案件はアリス委員長が一人で持ってきたやつだから、私は誰からの依頼か全然知らないんだ」

「そうか」

獅子堂は目を細めた。ちなみに後日にわかることだが、史倉はこのとき、嘘をついていた。史倉はアリス以上に依頼人を知っていたが、依頼人の秘密を守るため獅子堂を騙《だま》したのだ。

「ではアリスに直接聞くしかないのか？」

当然、文学部メンバーが聞くわけにはいかない。獅子堂が考慮していると、史倉が笑いながら獅子堂の考えを否定した。

「それは無理だね。アリス委員長は絶対に依頼人の名前を言わないよ。『守秘義務じゃ』とか言って頑《かたく》なだよ」

意外とアリス・ウォーノックはプライバシー保護の意識がしっかりとしていた。風紀委員はその性質上、学内のセクハラ案件を多く扱う。密告者のプライバシーは完全に保護されていないと信用が成り立たないのだ。がっくりと獅子堂は肩を落とす。

「ではアリスから聞くのも無理か。風紀委員はそういう相談をまとめた記録は残していないのか？」

「あ、それはあるよ」

「何⁉」

平然と史倉が言い、獅子堂は驚きの声をあげる。

「アリス委員長ね、依頼人と依頼内容、解決策等をノートにまとめてるんだ。『アリスノート』って言っててね。そのノートに今回の依頼人も書いてあるんじゃない？」

「それはどこにあるんだ⁉」

獅子堂はここで少しがっつきすぎた。史倉の目に露骨な警戒心が生まれてしまい、獅子堂に尋ねる。

「獅子堂君、なんでそんなに依頼人を知りたがるの？　理由は？」

史倉の中で獅子堂への疑惑が生まれたことを察して、獅子堂は「しまった」と思う。だが、まさか「本当にエロを隠していたから対策のために犯人を知りたい」とは言えない。

少し考えて獅子堂は口を開く。

「アリスは『文学部にエロがある』というリークで我々の家探《やさが》しを強行した。だが、文学部にエロはない。となると、その風評をまいた人物に注意をせねばならんし、その人物がなぜそんなトンチキなことを思ったのか知りたい」

獅子堂は真実に少しの嘘を交ぜて史倉に説明をした。実際は「本当に隠蔽している」ので話はもっと根深い。しかし、史倉海はその表向きの理由で納得をしてくれた。

「まぁ、でもノートを覗《のぞ》くのは諦めたほうがいいよ？　いつもカバンに入れてるけど、書いてるときに近づいたらすごい勢いで怒られるんだよね」

「なるほど。カバンに」

そこで獅子堂が思考を進め始めたとき、史倉がふと別の話題を口にした。

「そうだ、獅子堂君。アリス委員長といえば、すごい能力があるんだよ！」

「すごい能力?」

アリス・ウォーノックの異常な膂力《りょりょく》、体幹の異様な強さや格闘技全般への才能は耳にしているが、史倉が言った能力はそういうフィジカルの類ではなかった。

「……なるほど。すごい能力だ」

アリスの能力を理解した獅子堂はポーカーフェイスを保ち、感心したように口にしたが、内心では冷や汗が止まらなかった。

「『アリスノート盗み見作戦』で行こう」

放課後、獅子堂《ししどう》先輩はアリスノートの概要を部員たちに話し、ホワイトボードにまとめる。僕らも皆、賛同してうなずく。ちなみに今日は是洞《これとう》さんもいる。

「アリスはカバンにノートを入れている。つまりアリスのカバンかノートを盗めればOK。盗んだノートかカバンをアリスに気づかれずに戻せることが望ましいな」

そう言って獅子堂先輩は僕たちを見回した。

「ちなみにこの中でアリス・ウォーノックと同じクラスのやつはいるか？」

誰も首を縦に振らない。

僕と是洞さんと佐波《さば》と宝条《ほうじょう》さんはA組、渡辺《わたなべ》君はD組、アリスは確かB組である。

「あー一応、俺の友達、B組にいるけど……」

交友関係の広い佐波は友人がB組にいるようだが、言い方が淀《よど》んでいる。獅子堂先輩は質問した。

「佐波。そいつらは口が堅くて信用できるやつらか？」

「いや、口も軽い馬鹿ばかりだわ」

「つまりお前と同類ということか。それは無理だな」

「おいおいおい、先輩よ！　それじゃまるで俺が口の軽い馬鹿みたいじゃないか！」

「そう言ったのだが、もっと直球をお望みか？」

　獅子堂先輩は嘆息した。

「なんにせよ、同じクラスの人間がいないということは、学業中のアリスからノートやカバンを盗む作戦は絶望的か」

「と、なると隙《すき》は風紀委員の活動時ですか……」

　僕はそう言って少し絶望的な気持ちになる。風紀委員会の執行室に残ったアリスからノートを盗み見るのはかなりの高難易度に思えた。

「アリスの部活中はどうですかな？　前に何かの話のときに、会長は『アリスは女子柔道部と女子剣道部の兼部』とか話してませんでしたっけ？　その着替えの隙を狙うのは？」

　渡辺君が提案する。確かに、それなら確実にカバンを置くし、女子更衣室に入りやすい女子部員もドＭ倶楽部《くらぶ》には二人いる。しかし、獅子堂先輩は横に首を振った。

「ダメだな。アリスは女子柔道部と女子剣道部の兼部だが、両方の部に滅多に顔を出さない。大会や他校との練習試合だけ出場してそれで勝つから真面目に活動している部員からは『大会荒らし』として嫌われてるそうだ」

　さらに獅子堂先輩は厄介な情報を加える。

「あと、もう一点、非常に厄介な点がある」

「厄介な点？　なんですか？」

　獅子堂先輩はそう前置きして真顔でとんでもない発言をした。

「アリス・ウォーノックは直感に優れ、嘘《うそ》を見破る」

　僕は一瞬驚いたが、いくつかの点で納得した。しかし、佐波が横槍《よこやり》を入れる。

「え、いつの間に能力者バトルに突入した？」

「いや、そういう超能力ではない。相手の挙動や目線の動き、表情から察しているようだ。精度は結構甘く絶対ではないらしいし、アリス・ウォーノックが自分の嘘を見破る特技を証拠として用《もち》いたことは一度もない。当然それを用いてほかの証拠は集めてくるが」

　なるほど。アリスは宝条さんがカギを持ってると一瞬で見破ったのも、右端のタブレットがエロ専門だと見抜いたのも、彼女が嘘を見破る直感に優れているからだと考えれば、一応の説明はつく。敵に回すと絶望的に厄介な能力だな。

　是洞さんが手を挙げ、獅子堂先輩に質問する。

「そもそもだけどさ。アリスノート自体は盗み見る必要あんのかな？」

「どういうことでござるか、是洞殿」

　本人がいないときは「是洞たん」とか呼んでいる渡辺君も、さすがにＴＰＯは弁《わきま》える。

「いや、風紀委員の襲来はもうやり過ごしたでしょ？　だったらさ、もう依頼人探しなんてしなくてよくね？　誰が犯人でも別にいいじゃん」

それは一理ある意見だけど、なんというか、今その発言をするのは少し怪しいというか、宝条さんの「是洞さん犯人説」を後押ししているような。

（あれ？）

ここで絶対に宝条さんが「是洞さん犯人説」を再提案してくると思ったけど、意外なことにニコニコ笑っていて言わなかった。このときは気づかなかったが宝条さんは律儀に僕との約束を守り、「犯人確定まで是洞さんを疑わない」を実行していてくれたのだ。

「いや、二点の意味で必要だな。一点目は身内の犯行ではないと証明したい。俺は部員が犯人ではないと信じているが、部員たちが互いに疑念を抱いている状態を俺は良しとしたくない。二点目は……」

獅子堂先輩が二点目の理由を言いかけたとき、校内放送が流れる。

『二年A組、狭間陸人《はざまりくと》君。二年A組、狭間陸人君。風紀委員からの呼び出しです。すぐに風紀委員執行室へお願いします』

部室内はシーンとなる。僕は青い顔をして周囲を見る。

獅子堂先輩は深刻な表情でつぶやいた。

「二点目。アリス・ウォーノックは絶対に諦めていないからだ。これからの部活動継続のため、風紀委員にシロを証明したい。犯人捜しは必須だ」

「しかし、キタローの呼び出しってどういうこった？」

佐波の疑問は僕の疑問でもある。なぜ、僕を指名したのか見えてこない。

「当然、気が弱くて落としやすいやつから尋問が来たな」

「マジですか」

今から、僕は一人でアリスに尋問をされるらしい。ドM倶楽部の仲間がいないとかなり心細い。

「アリス・ウォーノックは捻《ひね》ったり、押し込んだりで『怪我《けが》が残らないように痛みを与えるプロ』だ。キタロー、ご愁傷さまだな……」

「そんなプロと知り合いたくなかったなぁ」

佐波が不安になる情報を告げる。そういえば、佐波のアイアンクローの跡ももう一切《いっさい》残ってない。暴力事件を数多く起こすわりにアリス・ウォーノックが怪我人を出すケースが少ないわけだ。

「キタロー殿。どうしても苦しいときはこれを飲んでくだされ」

渡辺君がアニメとかでよくある「苦痛に耐えられぬとき飲むがいい」という感じで僕にラムネを渡してきた。ありがとう。ラムネは好きだから嬉《うれ》しいよ。

とにかく僕は死刑執行に向かう気持ちで文学部の部室を出た。

◇◆◇

「失礼、しま、す」

僕は風紀委員の執行室に入り、絶句する。

風紀委員執行室には二人の人間がいた。

一人は風紀委員長、アリス・ウォーノック。相変わらず、竹刀を抱えている。二人目は風紀副委員長の史倉海《しくらうみ》先輩だ。トップツーが部屋の中で待ち構えた形になる。

絶句した理由は風紀委員の執行室にはでかでかと掛け軸がかけられ、そこには達筆だが読みやすい字でこう書かれていた。

『何の志も無きところに、ぐずぐずして日を送るは、実に大馬鹿者なり』

なんだ。誰か偉人の格言だろうか？　なんであれ、ずいぶんと攻撃的な文章に思える。

「おう、座れ」

アリスが顎で自身の前に座るように指示してくる。僕はアリスの前に座った。

「狭間君、急に呼び出してごめんね？　何か飲む？　お茶入れようか？」

史倉先輩が優しくそう言い、立ち上がってお茶を入れようとすると、次の瞬間、アリスの竹刀《しない》が机に叩《たた》きつけられた。

バシンというその音と衝撃に僕の身体《からだ》はびくりと震える。

「くぉら史倉！　こんなやつに茶なんて不要じゃ！」

アリスは史倉先輩を呼び捨てにした。先輩でも組織内のヒエラルキーが下なら呼び捨てらしい。本当にめちゃくちゃなやつだよ。僕も内心では暴力的なアリスのことは少し軽蔑してて呼び捨てだけど、あくまで内心の話だし。

「ごめんね、狭間君？　アリス委員長、機嫌が悪いみたい」

史倉先輩は心底申し訳なさそうに僕に謝罪する。いや、アリスの機嫌が良《い》いのを僕は見たことないんだけど。

「おまんを呼んだのはほかでもない。文学部が隠蔽しとるエロの話を聞き出すためじゃ」

アリスはそう言って、右手に持った竹刀を左手でパシパシと音を鳴らして叩く。まさか竹刀を使う気じゃないよな？　そうなると、完全に暴力案件だぞ。

「もう、アリス委員長。狭間君が可哀《かわい》そうでしょ。あんまり強く言わないの」

史倉先輩がアリスを責めるようにいう。

ここでさすがに違和感を覚えた。なんか変だな。アリスはいつもより怒っているし、史倉先輩は過剰に優しい。僕、こういうの映画で見たことあるぞ。

そして、二人の様子が完全にある挙動に一致し、僕は口を開いた。

「これ、グッドコップ・バッドコップですか？　少し典型が過ぎるんじゃないですかね？」

「良い警官・悪い警官」は昔からある尋問における心理テクニックだ。とても簡単に説明すると、一人が攻撃的になり、一人が優しくすることで、優しいほうに情報を流してしまうテクニックだ。僕がそう指摘すると史倉さんは「バレてたか」と可愛《かわい》らしく舌を出した。アリスは無言で首を振る。

「わしは反対じゃったんじゃ。やはり、小手先の技で尋問をしても仕方ないじゃろ。史倉、おまんは席を外せ」

「え？」

史倉先輩は「聞いてませんけど？」というふうにアリスを見る。

「いいから。今からすることはあまり見せられるものではないぜよ」

僕はその言葉に恐怖した。

「あのね、アリス委員長。何度も言うけど、生徒を傷つけるのはダメだよ？　次はかばいきれないかもしれないよ」

今、「次は」って言わなかった？　前もあったし、今の言い方、「何回かあった」って言うふうに聞こえたんだけど？

大丈夫なの？　ねぇ本当に大丈夫なの？

僕の心のＳＯＳもむなしく、史倉先輩は退室してしまった。

「ふー」

二人きりになり、アリスは緊張したように息を吐いた。僕以上にアリスが緊張してる？

何が始まるんだろうか？

「暑いのー」

アリスはそう言って、シャツのボタンを二つ外す。

「暑い？　今、十月ですよね？　むしろ肌寒くないですか？」

僕がそう首をかしげる。

「わしが暑い言うたら暑いんじゃ！　このボケなすが‼」

まさかの全ギレで応じられ、思わず身をすくめて委縮する。

「ふー。暑い暑い。暑いわー」

わざとらしくそう言いながら、アリスは胸元をパタパタとする。ブラジャーが見えてしまいそうなので僕は目線をそらした。しばらくそうしていたが、急にアリスが立ち上がる。

「なぜ、エロのくせにわしの胸を見ない！！！」

まさか怒られた⁉

というか、僕がエロだって？　そりゃドM倶楽部に所属しているし、一般的な性癖ではないかもしれないけど、それをアリスが指摘するのはおかしくないか？　表向きは健全なキタローとして生きてるはずだ。普通に「エロい」なんて言われたことない。

僕は前々からの疑問を口にした。

「そもそも、ちょっと前から気になってたんですが、アリスさん、僕のこと知ってますよね？　僕ら面識ありましたっけ？」

僕はそう言いながらアリスの顔を見て、目を見開く。

「って、アリスさん、顔真っ赤《まっか》じゃないですか！　本当に暑かったんですか⁉」

アリスの顔は茹《ゆ》でたエビのように真っ赤になっていた。普段は色白なので余計に目立つ。

「馬鹿野郎！　わしだってなぁ、おまんの誘惑は恥ずかしくてしゃあなかったぜよ！」

「だったらしないでほしいんですけどねぇ⁉　そもそも仮に僕が誘惑に乗ったとして、何を期待してたんですか⁉」

「そりゃ、ドエロのおまんのことじゃ。『胸をもっと見せてくれれば自白しますよ、グへへ』的な展開からの全自白ぜよ」

「僕の印象に誤解があるなぁ！　話戻しますけど、アリスさん、僕のこと知ってますよね？　どこかで僕たち会ったことありましたっけ？」

そもそも僕は佐波と違ってこれまで風紀委員のお世話になった記憶はない。僕が自分の潔白に絶対の自信を持っているとアリスはとんでもないことを口にした。

「狭間。おまんのことはよく知ってるぜよ。おまん、一年生のころ、学校にエロ画像を持ち込んで、騒ぎを起こしちょったぜよ」

ぐわー！　僕は風紀委員のお世話になってた‼　あれかー！　あの事件かー！　僕がト

イレでエッチなCG集を読んでて、そのスマホを後ろの席の子に見られ、「学校にエロを持ち込んでる」と言われ、生徒会から呼び出しを受けたアレか！　アレのおかげでドM倶楽部ができたけど！　そういえば、獅子堂先輩、風紀委員から生徒会に話が上がってるって言ってたなぁ‼

「あ、あれは僕の持ち込みではないって話で事件が解決しましたよ！」

本当は僕の持ち込みだけど、表向きはそういう話で解決しているはずだ。

「いや、あれはおまんじゃ。わしはあのころ、まだ一年生であまり大きな発言権はなかったが、すぐに真犯人はおまんとわかった」

アリス・ウォーノックは嘘を見抜き、直感に優れる。

なるほど。あのとき、彼女だけは「狭間陸人は本当にエロ画像を学校に持ち込んでいる」と見抜き、ずっと「エロ」として警戒してたわけか‼

「だからのう、狭間。わしにとって、おまんはしょうもないエロじゃ。のう、狭間。本当はおまんなんじゃろ？　部室にエロを持ち込んでるのは？　おまんと佐波あたりじゃろ？」

正解は「佐波以外の全員」なので的《まと》外れもいいところだ。僕が黙秘していると、アリスはため息をつき、立ち上がり、執行室のドアが閉じていることを確認した。

そして、僕の前ではなく、僕の横に座る。

「狭間。交換条件はどうじゃ？」

その口調に似合わない、神の創作物のような異様に凛々《りり》しく美しい顔でささやくようにアリスは言う。

「こ、交換条件？」

「わしがおまんにエロをしてやる。代わりに文学部の秘密を吐け」

こ、こいつ、直球で僕を誘惑してきやがった!!

僕がドM倶楽部を売るなんて、あり得ない！　あり得ないけど。

畜生！　喋《しゃべ》ったら色々終わってしまう中での誘惑物、これは僕がめちゃくちゃ好きなドMシチュエーションじゃないか!!

「エッチなことをされて、絶対に言ってはいけない秘密を言ってしまう」。一生に一度は体験したかったプレイが今、目の前で行われようとしてて僕は正気を保てるのか!?　絶対に屈するわけにはいかない！　いかないが……！

「全くもって、秘密を言う気はありませんが、ちなみにどんなことをしてくれるんで……

「アリスさん顔赤っ!!」

さっきは茹でたエビくらいだったけど、今は赤鬼くらいに真っ赤になったアリスがうつむいている。自分がエロに耐性がないのに、なんで無茶をしてるんだ、この人は？

「そ、そうじゃ、のう。おまんが自白するなら、わしは、そうじゃのう。お、お手々を繋《つな》いでやるぜよ？」

真っ赤になったアリスがそう言い、言われた瞬間、僕は「スン」となった。

「『スン』とすな‼」

アリスは僕の頭を結構痛く小突いたが、結局、このときの暴力はこれだけだった。

◇◆◇

僕は文学部の部室に戻ると、緊張の面持ちの仲間が僕を迎え入れる。

「ど、どうだった？」

僕は文学部の床に膝をつき、皆に詫《わ》びた。

「是洞さん！　僕を殴ってください！　僕は尋問中、一度だけ『ドM倶楽部のこと売っちゃうかも』と心が動きました！　僕を殴ってくれないと僕はこの部に帰る資格がない！」

そんなこと言われた是洞さんは困惑していたし、佐波は「え、『走れメロス』？」とつぶやく。

渡辺君が「拙者が殴る係でいい？」と聞いてきたので、僕は笑顔で「死ぬ死ぬー」と答えると、部員たちがその応酬に笑う。

「冗談はさておき、どうだった狭間？」

獅子堂先輩にそう聞かれ、僕は顛末《てんまつ》を話す。

「よい警官・悪い警官」のテクニックを使ってきたこと、アリスは一年生時代のエロ画像持ち込み事件の犯人を僕と疑っていること、そしてアリスのエロ尋問で一瞬だけでもドM倶楽部を売ることが頭をよぎったことも正直に告白する。

「ええ。キタローそれは最悪だろ。ないわぁ」

佐波は呆《あき》れて言うが、獅子堂先輩、宝条さん、渡辺君は次々に僕を擁護する。

「何を言う⁉ エロ尋問は狭間の夢なんだぞ⁉ 狭間の将来の夢は正義の味方になって悪の女怪人にエロ尋問をされて重大な秘密を吐いて街が大変なことになっちゃうことなんだぞ⁉」

「そうですよ！ 狭間さんの夢は研究職で大企業に就職して、特殊な特許を取得するんですけど、敵の女エロスパイにエロ尋問されて、その特許を吐いちゃって会社が大変なことになってしまうことなんですから！」

「狭間殿の夢はな！ 異世界に転生してレベル99になるけど、魔王城前の村でサキュバスの経営する宿にて、レベルドレインされて、レベル１になっちゃうことですぞ！ 拙者たち、狭間殿の夢のためなら、ドM倶楽部が潰《つい》えても悔いはありませんぞ！」

嬉しい言葉だけどレベルドレインはちょっと趣旨が違うよ、渡辺君！ 好きだけど‼

僕は仲間たちの擁護に感動し、「みんな！ ありがとう！」とドM倶楽部オリジンの四人でおいおい泣いた。佐波は呆れてつぶやく。

「とりあえずわかったのは、お前の夢が叶《かな》うと莫大《ばくだい》な範囲に迷惑がかかることだな」

是洞さんは何かを考えこんでいるようだったが、意を決したように僕に近づき、耳元で小声でささやいた。

「ねぇ、キタロー君。あたし、たぶん、できると思うよ」

「はい？　何がですか？」

僕がそう聞くと是洞さんは赤面しつつ、蠱惑《こわく》的な笑みを浮かべて言った。

「だからさ。キタロー君が今言った夢。そういうごっこ遊び的なエッチなこと、やってあげるよ？　あたしと付き合ったらさ」

おうふ。危うく気絶するところだった。別に、僕はエッチな動機で宝条さんか是洞さんを選ぶ気はない。ないけど、いざ選択の日《ジャッジメントデイ》になったらこのことは頭をよぎるんだろうな!!

なんとなく会話を盗み聞きしていた宝条さんが憤慨する。

「んな!?　そういうのずるくないですか!?　だったらわたくしもエナメルのボンデージを購入する準備があります！　性癖的にわたくしはSではありませんが、シチュエーションへの造詣は是洞さんの三倍は深い!!」

「お前の金は俺からの借金だぞ。忘れるなよ」

獅子堂先輩が呆れてツッコみ、ようやく議題を僕が風紀委員に呼ばれる前の「アリスノート盗み見作戦」へ戻そうとしたとき。

再び校内放送が鳴った。

『二年A組、宝条蘆花《ろか》さん。二年A組、宝条蘆花さん。風紀委員からの呼び出しです。すぐに風紀委員執行室へお願いします』

僕らはシーンとして宝条さんを見る。

宝条さんは僕のように青い顔はせず、「へぇ？」と面白そうに笑っていた。

「なるほど。全員に尋問するつもりなのは計算外だったな」

獅子堂先輩が苦笑気味に言った。

そして、その後も渡辺君、佐波が呼び出しを受けて。それぞれアリスから尋問される。

宝条さんと渡辺君は無難にやり過ごしたらしいが、佐波はまだ戻ってきていない。あいつアホだから口を滑《すべ》らせないか心配だなぁ。

「となると、次は俺か？　まいったなぁ」

獅子堂先輩がそわそわして言う。そういえばこの人は倶楽部唯一の実写派だ。しかもハードSM好きである。アリスが万が一、暴力的手段に出たら、一番自白の可能性が高いのはこの人かもしれない。

「おーい、アリス・ウォーノック、今日は帰ったよ。今日のところはなんとかなったな」

佐波が文学部のドアを開けながらそう言い、獅子堂先輩は机を叩いた。

「なぜ、俺には尋問に来ない!!」

「そりゃ、獅子堂先輩に尋問しても無駄だとわかってるからでしょう」

表向きは、鋼の男だからね。獅子堂信念《しんねん》は。

「あはは。会長、あたしも呼び出しなかったから、どんまい」

是洞さんは苦笑しながら獅子堂先輩を励ます。

「いや、是洞の呼び出しがなかったのは、むしろ利用できる情報かもしれない。敵は是洞を文学部の部員と知らないのでは？」

確かに。この前、アリスが「部員五人」とか言ってて違和感を覚えたのを思い出す。風紀委員は是洞さんを認知していない可能性が高い。

「なんであれ、『アリスノート盗み見作戦』だ。誰かアイディアはあるか？」

誰もしばらく手を挙げない中、僕が挙手する。

「放課後、アリス個人に風紀に関する相談があると呼び出すのはどうでしょう？」

「まず、難点が思いつくが話を続けてみてくれ」

獅子堂先輩に促《うなが》され、僕は話を続ける。

「はい。相談の場にアリスはきっとカバンを持ってきますよね？　そして、校内放送で相談の途中に生徒会からアリスを呼び出すのは？　相談中に呼び出しを受けたらカバンを置いていくでしょうし、もし置いていかなかったら、単純に作戦失敗として次の手に行く感じです」

「なるほど。いい策だ。だが、難点だが、アリスは嘘を見破るんだぞ？　半端に相談しても見抜かれる。どうするつもりだ？」

「そこはきっと大丈夫です。僕は真剣な嘘ではない相談事項がありますから」

僕がそう言うと宝条さんは目を開いて僕を見た。

「狭間さんお悩みですか⁉　わたくしに相談してくだされればお力になりますのに！」

ごめんなさい。風紀的な相談事項はある事情により、宝条さんには相談できない。宝条さんにだけは相談ができない。

「ふむ。嘘だと見抜かれない相談事項があるのは心強い。狭間の意見をプランAとして、様々なプランを想定したい。ベースは狭間の相談事呼び出しでいいだろう」

「ん？　そう何個も作戦を立てる意味あるの？」

佐波が首をかしげる。

「決まりきった行事や企画であれば一策で行くべきで、そう何個も策を立てるのはおろかだが、『アリスノート盗み見作戦』はかなりアドリブが問われる作戦だ。想定外パターンはいくらでもあり得るし、あらゆる想定をしてプランを練りたい。複数のプランを立てればまったく想定していない事態が起きても他プランから策を拾って行動できたりするからな」

「えー。俺、そんないっぱいの作戦覚えられるかなぁ」

「お前だったら不安だったが、幸い、主導は狭間だ。問題はなかろう」

「おいおい、先輩。まるで俺だったら不安みたいじゃねぇか？」

「直球でそう言ったが？」

そんなくだらないやり取りの後、僕らはいくつかプランを立て、結局プランＨまでが完成する。

とにかく一度やってみようと、僕たちは明日の作戦決行を決めた。

◇◆◇

翌日。風紀委員執行室から出てくるアリス・ウォーノックに声をかける。

「あ、あの、アリスさん！」

アリスは僕の顔を見て怪訝《けげん》そうな顔をした。

「なんじゃ？　狭間か。罪の自白か？」

「あ。いえ、そうじゃなくて」

アリスを見ると右手に竹刀、左手にカバンを持っている。あの中にアリスノートがあるはずだ。

「あの、今日は相談事があるんですよ。風紀委員長に」

「相談事？　なんじゃ？　執行室に入るか？」

アリスがドアを開けると室内で何か仕事をしている史倉先輩が見えた。アリス一人なら執行室で都合がよかったが、人が二人いるのはまずい。僕は顔を伏せてアリスに言う。

「ひ、人に言いにくいことなので、できれば二人っきりで相談したいんですが……」

ここでアリスが「ダメじゃダメじゃ！　不純異性交遊に該当するぜよ！」とか言い出したら詰んでいたが、アリスは思いのほか優しい表情を浮かべ、心配するように僕を見た。

「わかった。わしは依頼人のプライバシーは絶対に守るぜよ。どこか空き教室を探して二人で話そう」

火のような性格のアリスに急に優しくされると、座りが悪いな。少し申し訳ない気がしつつ、アリスを見ると彼女は思わぬ行動に出た。

アリスは風紀委員執行室に戻ると、少ししてすぐにまた出てくる。その手にはカバンがなくいつもの竹刀だけを持っていた。

「え、カバンは⁉」

勘が鋭いアリスに思わずそう聞いたのは失敗だと思ったが、彼女の直感は絶対ではないらしく、特に僕の言葉を疑問視せず、アリスは答えた。

「あのカバンには分厚い鉄板を入れとるぜよ。重くてかなわん。どうせ史倉はまだ残るから、執行室に置いてきた」

「なんで鉄板を入れてるんですか⁉」

純然たる疑問として僕は叫び、アリスは平然と返した。

「そりゃ、入れてなかったら『ああ、カバンに鉄板を入れとくべきじゃった！』と後悔する日が来るかもしれんじゃろ？　『カバンに鉄板なんて入れなきゃよかった！』は絶対にないが、逆はあり得る！」

今まさに重くてかなわないから、『カバンに鉄板なんて入れなきゃよかった！』ってタイミングじゃないの？

「そもそも、『カバンに鉄板を入れとくべきだった』ってどんなときですか？　僕一度もそんなこと考えたことないんですけど」

むしろ、『カバンに鉄板なんて入れなきゃよかった！』を支持するよ。僕は陰キャだし、ほかのクラスメイトの流行にまったくついていけてないけど、「カバンに鉄板を入れとくべきだった」は絶対に「高校生あるある」ではないと思う。

アリスは僕の言葉に意外そうに首をかしげる。

「む？　狭間。おまん、喧嘩《けんか》したことないじゃき？」

「ないですよ」

そりゃまぁ小学生時代のちょっとした摑《つか》み合《あ》いとかなら僕もあるけど、たぶんアリスが言ってるのはもっとこう、ヤンキー漫画的な喧嘩だろう。

「ほー。学生なのに珍しいのう」

アリスは感心したように言った。むしろ喧嘩するほうがマイノリティだろ!!

「わしは高校時代にこっちにうつっとるが、中学時代、地元高知の中学はそりゃもう有名な不良中学でのう。わしは当時そこでスケ番をやっとったのじゃ」

アリスにスケ番は似合いすぎる! というか、僕は映画好きで邦画も割と見るから、女子の不良が「スケ番」って知ってるけど、今の高校生は普通知らないんじゃないかな……たぶん、僕らが生まれる前の言葉だぞ。

「んで、他グループと抗争して、わし一人の帰り道に男子三人に襲われたときの話じゃ」

「うわ、漫画と違って現実だと一対二以上は絶対逃げろって言いますけどね」

アリスは性別女子だし、危険すぎるだろう。

「まぁそのときの男子三人は倒したのじゃが」

倒してる……。

「じゃが、相手の金属バットがカバン越しに右手に当たって右手の骨にヒビが入ってのう。そのときに『カバンに鉄板を入れとくべきじゃった』って強く思ったのじゃき。じゃから今でも重くて厚い鉄板をカバンに入れとる」

……金属バットで⁉　女子の右手を殴った⁉　めちゃくちゃな話だな‼

そもそもカバンに鉄板は校則違反では？　と思わなくもなかったが、別の疑問が首をもたげ、僕は口を開いてしまう。

「そもそもなんでアリスさんはそんなに強いんですか？」

「アリス伝説」のいくつが本物かは知らないが、少なくとも彼女には「全部本物かも」と思わせる圧倒的な迫力、言い換えれば運動神経がある。

アリスは僕の質問に嬉しそうに笑う。

「お？　わしの秘密を知りたいのか？　いいじゃろ。教えちゃるけんのう」

アリスはそう言うと急に片足立ちをした。

「狭間。わしの肩をおもいっきりどつけ」

「は？」

「ええか？　おもいっきりじゃぞ？　本気で来い！」

いったい何がしたいんだか知らないけど、そう言われたからには片足立ちしたアリスの肩をおもいっきり押し……僕はめちゃくちゃ驚く。

アリスは微動だにしなかったのだ。ほんの少しもふらつかなかった。イメージとしては壁とか大木とかをおもいっきり押した感じだ。

「え？　え？　なんで⁉」

「どうもわしは生まれつき体幹がものすごく強いようじゃ。あと、朝五時に起きて登校前に二時間、帰ってから一時間、トレーニングしとるし、週一で剣道とキックボクシングを習っとる。それがわしの強さの秘密じゃ」

一応、毎日、トレーニングしてるようで少し安心した。天性の才能だけで、この強さはないよね。

……ちょっと待って！　なんでこの人一日三時間もトレーニングしてるの⁉　ほとんど部活にも出てないのに⁉　まさか、風紀委員のためだけにやっている⁉　怖い‼

僕の疑問を置いといて、アリスは不満そうな顔をした。

「しっかし、狭間。おまんは力が弱いのぅ。もっとおもいっきり来ていいんじゃぞ？」

「いや、僕としては結構本気だったんですけど……」

十分本気で押したけど、背も低いし、運動神経悪いし、病弱だし、仕方ないだろう。

「もっかい押せ。もっとこう、殴るつもりでやって構わんぜよ」

自分の力を誇示したいのか、アリスが自分の右肩をトントンと叩く。

別に「女子をおもいっきり押したい！」みたいな願望は僕にはないけど、アリスが押されたいならさっき以上の本気で押してあげることにする。

「じゃあ、行きますよ？」

殴るつもりで来いと言われたからにはさっきは肩に手を当てて押したけど、今度は手をパーにしてふりかぶり、アリスの肩めがけて手をおもいっきり突く。

ムニッとした感触が右手に広がる。

運動神経ゼロの僕の右手はアリスの肩を押すつもりが照準が合わず、おもいっきり胸を押していた。構図的には腕をふりかぶって、全力でアリスの胸を揉《も》んでいた。

「え？」

アリスは何が起きたかわからず、自分の胸と僕の顔を交互に見て、その顔が赤くなっていく。僕は慌てて手を離した。

「うわぁぁぁぁぁぁぁ⁉　ごめんなさい、ごめんなさい、ごめんなさい！」

「キャアアアア⁉」

普段のアリスからは信じられないような悲鳴が出てくる。

史倉先輩が風紀委員の執行室から飛び出してきた。

「どうしたの、すごい声出して！　狭間君、アリス委員長に殴られたの⁉」

史倉先輩はなぜか僕を心配する。もしかして、叫んだのが僕って思われてる⁉

「い、いえ、なんでもないんです！　虫が急に飛んできてびっくりしちゃって……」

訂正するのもなんだし、アリスの性格的に体面を気にしそうなので、かばっておく。そもそも、僕が悪いのだけど……。

「そう。何かされたらすぐ呼んでね？」

そう胸をなでおろしながら、史倉先輩は執行室に戻っていった。僕はアリスを振り返り、再度頭を下げる。

「ごめんなさいアリスさん！　わざとじゃないんです！」

「いや、そんくらいわかっとるぜよ。故意だったらおまんをミンチにして殺しとるが、肩を押せちゅうたのはわしじゃしな」

故意だったらひき肉にされてたのか……。バツが悪そうにアリスは後頭部を掻《か》く。

「そもそも、何の話じゃったか。ああ、おまんの相談か。さ、早く空き教室を探すぜよ」

そう言ってアリスは廊下を歩き出し、僕は後に続く。カバンが残された風紀委員執行室から遠のいていく。

アリスノートが入ったカバンは風紀委員執行室に置いていかれてしまった。早くもプランAが瓦解した。

だけど、実はこのことは昨日の作戦段階ですでに想定していた。

僕はアリスに「あ、ちょっと親に連絡していいですか？」と言うとドM倶楽部のトークアプリグループに「プランCで行きます」と連絡を送った。

アリスと僕は空き教室を見つける。いや、正確にはアリスが空き教室を作った。

その教室に入るとすでに先客がおり、一組の男女が抱き合ってイチャイチャしていた。

僕は気まずくなり目をそらす。アリスは片方の眉毛をあげた。突然出現した「鬼の風紀委員」の姿にそのカップルは青い顔をする。

（どうする気だろう？）

僕は恐る恐るアリスを見ると、彼女は僕の想像より遥《はる》かに物理的で直接的な暴力に出た。

ヒュンと何かが空を切る音がする。アリスの手から竹刀が消えていた。抱き合っている男女の顔の間すれすれを真っすぐに飛来した竹刀がすり抜けて飛ぶ。パンと破裂音のようなものが響く。竹刀が壁にぶつかった音だけど、もっと激しい音に聞こえた。誇張して言うなら「銃声」と呼んでもいいかもしれない。

何が起きたかを数瞬《すうしゅん》後に理解した。

（やべぇこいつ！　カップルの間をすり抜けるように竹刀を投げやがった!!）

普通やるか!?　当たったらどうするんだ!?　よしんば、絶対に当たらない自信があっても、竹刀を投げるのは相当「暴」の人間だろう！

カップルは一瞬ポカンとした後、何が起きたかを理解してガタガタと震え出した。

「おおっと、手が滑ったのう。危ない危ない、すまんかった。今度の物も滑ったら危ないから、適切な距離を取るべきじゃと思うじゃき？」

アリスはそう言って、片手で軽々と机を持ち上げた。今、机と椅子《いす》を固定している学校が多いらしいけど、うちの公立高はまだそこまで予算が回っていない。

いや、机？　驚愕《きょうがく》が理解に追いつかず、逆に冷静になってしまう。当たり所によっては人が死ぬぞ。

「ご、ごめんなさーい‼」

カップルはそう言いながらほうほうの体で逃げ出す。アリスは机を元の位置に戻す。

「二年B組吉健司《よしけんじ》と、一年D組知念香《ちねんかおり》か。この間、風紀委員から注意を受けたのに、こりんやつじゃ」

アリスは呆れたように、去っていく二人の背中を見ていた。僕はアリスの言葉に驚く。

「え、全校生徒の顔を覚えてるんですか⁉」

「まさか。会長じゃあるまいし、問題児だけじゃ。おまんの名前も覚えとったじゃろ？」

それでも十分すごいと思う。アリス・ウォーノックの見た目の優美さや暴力性に目が行きがちだけど、彼女は「高校二年生にして風紀委員長」という立場に裏打ちされた高いスペックを秘めていた。

ついでに「獅子堂先輩は全校生徒の顔と名前を覚えている」という情報も得る。まぁあの人ならさもありなんだな。脳のスペックが高い人は人の顔と名前を覚えるのが得意っていうし。

「さて、相談じゃが。狭間。何を悩んどる？」

夕日が差した教室でアリス・ウォーノックと僕は対峙《たいじ》する。こうして近くで見ると、アリスは本当に美しい顔をしていた。「まつ毛長いな」とか思いながら口を開く。

「実は……ある女性からセクシャルハラスメントを受けているんです」

「なに⁉」

美しいアリスの顔が驚愕に変わった。プランCの始まりであった。

第七章　プランC

「さて、プランCか。騙《だま》す相手が史倉《しくら》というのはある意味やりやすいかもしれない」

獅子堂《ししどう》はそう言って立ち上がる。

プランCで行動するのは狭間《はざま》、獅子堂、佐波《さば》である。要《かなめ》は狭間と獅子堂だった。

「狭間がどれだけ時間を稼《かせ》いでくれるかがキモだからな。急ぐとしよう」

獅子堂がドアを開けた瞬間、生徒会役員の女子が慌てた様子で入ってきた。

「会長！　大変です！　大事件です！」

その女子役員は慌てた様子で獅子堂に助けを求めるように見る。

獅子堂は困惑して部員たちを見た後、生徒会長の顔を作り、すぐに応対した。

「どうした？」

「大喧嘩《おおげんか》が起きそうなんです！　野球部とパソコン部が一触即発の危機です！」

「なんだと⁉」

また野球部とパソコン部か！　と獅子堂は憤慨する。一ヵ月前に両者は「パソコン部が他校へ野球部の情報を売った」として、報復に野球部がパソコン部に襲来してＰＣを破壊するという暴挙に出ている。そのときは獅子堂の采配で両方の部活の事件関係者のうち、主犯を停学処分、重く関わった者を謹慎処分、軽く関わった者にはボランティア清掃を課して解決を図《はか》り、「以降、パソコン部は野球部に協力しない」で終わったはずだ。

「なぜ、その二つの部活が？　今更なんだというのだ？　またパソコン部がデータでも他校へ売ったのか？」

「い、いいえ。その……」

女子役員は少し言いづらそうにして赤面しながらも事件の概要を答える。

「パ、パソコン部部長の彼女さんが、野球部の部長に寝取られたそうです」

「それがなぜ、野球部対パソコン部になるんだ⁉　部長同士が勝手に争え！」

さすがに前後の情報が合わず、獅子堂は困惑する。双方の部長が非常に慕《した》われており、部員たちが部長に従ったならわかるが、パソコン部の部長はまぁまぁ慕われてるとしても、野球部の部長は自分の身体能力を嵩《かさ》にきて威張り散らす横暴な男で、部員たちからは慕われていないと聞く。

「そもそも寝取られたというか浮気の発覚はパソコン部部長がこっそり見た彼女のスマホに野球部部長との如何《いかが》わしい写真を見てしまったそうです。パソコン部の部長はその如何わしい写真を野球部の部員たちに配布。野球部員たちは『恋愛禁止』の規則を破った野球部部長に激怒。その報復に野球部部長は彼女のスマホに残っていたパソコン部部長との如何わしい画像をパソコン部の部員たちに配布。パソコン部の部員たちは『日ごろは非モテを散々主張しておいてなんだ！』とパソコン部部長に激怒。ちなみに如何わしい画像を流出したことに怒った恋人は両部長とも別れました」

まだ「野球部VS．パソコン部」という構図に必要な情報は足りないが、獅子堂は頭がいい。すでにパズルを完成させるには必要な情報は集まっていた。ただ、そのパズルの完成形はあまりに歪《いびつ》なものであった。

「待て。つまりは両部が衝突寸前って、野球部部長率いるパソコン部とパソコン部部長率いる野球部で衝突、か！」

「は、はい！　そのとおりです！」

さすがの獅子堂も頭痛を覚えて目頭《めがしら》を押さえた。

「でも、それ、『野球部部長のパソコン部』不利じゃね？　うちの野球部、割と大所帯だし、パソコン部員もそこそこいるけど、文化系は体育会系に勝てないでしょ？」

是洞《これとう》がそう言ったが、女性役員は首を振る。

「それがそうでもないんですよ。野球部部長についていった『部長派』と呼ばれる彼女持ちの野球部員たちが数人いますし、野球部部長自体、ゴリラの擬人化みたいな人ですからパソコン部は意外と強いです」

「てか、両部長が逆の部を率いているから『パソコン部』とか言われても一瞬、どっちを指してるかわからん！」

それは是洞の言うとおりで、獅子堂もあまりにもこんがらがっている事態にすべてを放棄してプランCにかかりきりになりたかった。だが、生徒会長としてはそういうわけにもいかない。「もう教師に任せたほうがいいんじゃないか？」と内心思うが、今まで生徒会の権利を強くするために、面倒くさい事件を扱いすぎた報《むく》いが来ていた。おそらく、教師に言っても「一度、生徒同士、生徒会に任せよう」と言われるだろう。

「両者、パソコン室に集結してにらみ合っています！　今は木暮《こぐれ》生徒会副会長とハシタカ、いえ、失礼、高橋《たかはし》書記が両者の間をなだめていますが、いつ暴発して喧嘩になってもおかしくありません！」

女子役員に促《うなが》され、獅子堂は焦《あせ》る。この話だけで、もうすでに五分は過ぎてしまっている。狭間が時間を稼げても二十分くらいで限界のはずだ。決断の時は来ていた。

「渡辺《わたなべ》。プランC、俺の代役、頼めるか？」

獅子堂はプランの修整を決め、渡辺に頭を下げる。

「お断りします！」

しかし、渡辺は意外なことに獅子堂の指示を拒否した。

「違いますなぁ、会長。プランCの代役を拙者？　拙者は適任ではないでしょう。会長はプランCを行い、パソコン室に行って、腕っぷしで両者の喧嘩を止めるのを拙者に任せてくだされ！　物理なら任せろー！」

渡辺は力強く自信の胸を叩《たた》く。獅子堂は一瞬考えるが、「意外にいいかもな」と思い、渡辺に「頼めるか？」と肩を握る。渡辺なら限りなく穏便に事を済ませようとするだろう。

「宝条《ほうじょう》。君もパソコン室に行ってもらえるか？」

「女生徒の前では大喧嘩もしにくいでしょう。頭が切れる二人ならうまく事を丸めてくれるだろう。実は事態が大きくなったほうがアリスも収束に動き、つまりはそれだけ風紀委員執行室から離れることを意味するのはすぐに獅子堂も気づいたが、彼は学校の平和を取った。

宝条と渡辺を事態の収束に当てた。いいでしょう。わたくしも行きます」

是洞が「あたしは？」と期待を込めた目で見ていたが、「是洞。君は待機しててくれ」と獅子堂は頭を振る。

是洞は風紀委員に露見していない秘密兵器なので隠しておきたかった。

これは結論から言えば名采配と言えた。

「とにかく、狭間が時間を稼いでくれることを祈ろう」

そうつぶやき、獅子堂は狭間へメッセージを送った。

その後、プランCを行うため、獅子堂は風紀委員執行室のドアを叩く。

「はい？」

ドアを開けた史倉は意外そうな顔をする。獅子堂が風紀委員の執行室を訪ねてくることは、あまりなかった。

「史倉君か。すまない。アリスに相談があって。アリスはいるか？」

一応、この日のために生徒会から風紀委員への偽の案件を用意してはいたが、本当は生徒会長の獅子堂が風紀委員長のアリスと話し合うような事項ではない。

「アリス委員長なら、さっき帰ろうとしてたけど、なんか生徒の相談に乗るとかでカバンを置いてったし、ちょっと残るみたい。しばらくしたら戻ってくるんじゃない？」

史倉は目線を棚の上に向ける。そこにアリス・ウォーノックのカバンが置いてあった。

獅子堂はそのカバンを見て、内心でのみほくそ笑む。あのカバンの中に目当てのアリスノートがあるわけだ。

「ふむ。ではすまないが、少し待たせてもらおう」

獅子堂はそう言って室内に入り、椅子《いす》に座り……その表情が驚愕《きょうがく》で固まる。

壁に掛けられた掛け軸にどうしても目がいく。

『何の志も無きところに、ぐずぐずして日を送るは、実に大馬鹿者なり』

おそらくアリスが書いたであろう達筆な字でそうでかでかと飾られている掛け軸が目についた。

獅子堂はそれを坂本龍馬《さかもとりょうま》の名言だと知っていたが、何も知らない者が見たらずいぶんと攻撃的な文章と勘違いするだろう。

掛け軸の下には司馬遼太郎《しばりょうたろう》の『竜馬《りょうま》がゆく』新装版全五巻（横に文庫版八巻もある）とほかにも坂本龍馬関係の書籍、写真やグッズなどが飾られている。

「アリス委員長、坂本龍馬が大好きなんだよね」

獅子堂の視線に気づいた史倉が苦笑しながら言う。獅子堂も唖然《あぜん》としながら答えた。

「正直、風紀委員という組織と坂本龍馬は反対の性質だと思うが。彼女の気質は新選組だろ。そもそも高知県民は脱藩した坂本龍馬が嫌いだという話も聞いたがなぁ」

アリスはイギリスで生まれ、二歳から高知県に暮らす祖父の元へ預けられている。

しかし、獅子堂には真面目なアリスが思いのほか「執行室内を私物化」しているのが意外だった。アリス個人による「風紀委員会の私物化」は度々問題点に上がっているが、それ以上の個人の強さと組織運営の完璧さから獅子堂は特に問題視していなかった。しかし室内にここまで私物を持ち込むのは注意程度は行ったほうがいいかもしれない。

「アリスはよく『〇〇ぜよ』というが、本場高知の人はあまり使わないと聞く。高知育ちのアリスが多用するのが不思議だったのだが、なるほど、坂本龍馬の影響か」

アリスの口調に納得すると、獅子堂はなんとはなしに己のカバンを見る。アリス・ウォーノックのカバンには小物がついていない。キーホルダーをつけるくらいは校則違反ではなかったが、彼女は所持品に小物をつけることを嫌うのだ。

そして、獅子堂のカバンには軽井沢土産のキーホルダーがついていたが、獅子堂はこれをこっそりと外す。

プランCの内容は単純。

ノートを直接狙わず、それを入れているカバンそのものを狙い、史倉の気を引いているうちに、獅子堂のカバンとアリスのカバンを入れ替え、獅子堂は生徒会の呼び出しが入ったと言って、アリスのカバンを持ち退出。アリスノートを確認した後に、所用が終わったとして再び風紀委員の執行室に入り、カバンを元に戻すという作戦だ。

獅子堂にとって、プランCの要点は二点。

アリス・ウォーノックが途中で戻ってきてカバンを回収してはすべてご破算である。特に、獅子堂がアリスのカバンを持ち出しているときにアリスが戻ってきてしまっては、カバンのすり替えに気づかれ、最も悪い展開になるだろう。だから要点としては、いかに狭間陸人《りくと》がアリスといる時間を稼いでくれるかが、ポイントとなる。

二点目のポイントは史倉の気をどう引くかだ。これは佐波に任せている。

だが、プランC最大の問題点はもっと見えないところに隠れていたが、まだ誰も気づいていない。

「おいーっす」

佐波が風紀委員の執行室に入ってくる。史倉は警戒心を露《あら》わにして佐波を見た。当たり前である。この間、史倉のスカートをめくってきた男である。思わず脚が内股に閉じてしまうのは仕方がないだろう。

「いやいや、海《うみ》ちゃん、そんなに警戒しないでよ。今日はさ、反省文持ってきたんだ」

佐波はそう笑いながら言って、史倉に一枚の反省文を渡した。史倉はまだ警戒した顔でそれを受け止める。

内容は佐波にしては意外としっかりした反省文であった。当たり前である。本当の執筆者は獅子堂だ。

そして、史倉はその反省文で、最初の罠《わな》にはまってしまう。

「あら？　佐波君。この君って漢字間違ってるよ。『君』って漢字の下の部分は『日』じゃなくて『口』だよ」

その小学校低学年並みのミスに気づいた史倉はそれを皮切りに、さらに眉根を寄せる。その反省文が誤字の宝庫であることに気づいてしまったのだ。もちろん、誤字はわざとである。史倉に反省文へ集中させ、獅子堂から気をそらすためだ。

そして史倉は佐波に「反省文の再提出」を求めるだろう。求めなければ佐波が自主的にそう告げればいい。

そして誤字を直したバージョンはすでに作成してあるので、それを出すときが、気を引く作戦の二回目だ。

獅子堂は反省文に史倉が夢中になっている隙《すき》に、こっそりと立ち上がると、棚の上にあるアリスのカバンに手を伸ばす。

しかし、ここでプランC最大の問題点が明らかになる。

当然、当然獅子堂は知らなかったのである。

すり替えるアリスのカバンに鉄板が入っていて異常に重いことに。

「⁉」

獅子堂はそのカバンを棚の上から持ち上げた瞬間、予想外のあまりの重さに思わず落としてしまう。そして、鉄板入りカバンは床で、「ゴン！」と大きな音を出した。

「あ」

その場にいた三人が同時に声を発した。

佐波は「うわー」という顔でミスをした獅子堂を見て、獅子堂は「しまった」という顔で床に落ちたアリスのカバンと史倉を交互に見て、史倉海は最初こそ発生した事実を理解せずに驚いていたがそのうち「何が起きたか」を理解して、その目が険しくなっていく。

「説明してもらえるかな、獅子堂君？」

史倉が厳しい口調で言う。

さすがにアリスのカバンを取ろうとして落とした構図の言い訳はできない。

獅子堂は一瞬の間に様々な言い訳を考え、その中で最も効果的だと判断した選択肢を選ぶ。「事実を告げて泣き落とし」を選んだのだ。

「すまん！　史倉君！　どうしてもアリスノートが見たくて、こんな一計を案じてしまった！　頼みがあるのだが、どうか、一目でいいから俺にノートを見せてくれないか⁉　俺はどうしても、俺の文学部を貶《おとし》めた卑劣な犯人が知りたいのだ！」

だが、それは史倉海にはまったくもって逆効果な選択肢であった。まだ「いや、棚の上の物が気になり、手に取ろうとしたら落としてしまった」という言い訳のほうが、穏便に済んだであろう。

獅子堂信念《しんねん》は最低の選択肢を選んでしまい、後《のち》に思えば、その場の最適解を選んだのだ。

さて、「史倉海は順当にいけば風紀委員長になれたはずなのに、アリスが風紀委員長になり、彼女のことを恨んでいるのではないか？」という噂《うわさ》がある。

結論から言えば史倉海はまったくアリス・ウォーノックを恨んでいない。その胸にあるのは真逆の感情、アリスへの憧《あこが》れと尊敬の念である。

史倉海はアリス・ウォーノックが風紀委員長になっていることに誰よりも賛成している女性であった。見た目は穏やかで優しい彼女だが、根の部分は「エロスに対する潔癖感」や「校則違反を嫌う正義感」を強く持っており、彼女は「不正行為を嫌い、正義を信じる」アリスの同類であったのだ。

「ダメです！　そんな不正行為、たとえ、生徒会長といえども許せません！　獅子堂君！　そこに座りなさい！」

ぷんぷんと怒りながら、史倉が獅子堂に座るよう指示する。

佐波は逃げようとしたが、その肩を史倉に摑《つか》まれる。

「佐波君。あなたもグルですよね？　座りなさい」

目が笑っていないまま、表情だけ笑みを作り指示を出す史倉に佐波は観念した。

仕方なく、獅子堂が椅子に座ると「床にです‼」と怒りの声が飛んだ。

「床にだと⁉」

獅子堂は驚くが、あの温厚な史倉の怒りの剣幕に押され、床に正座する。佐波は慣れてるのか、最初から床に正座していた。

史倉はアリスのカバンを持ち上げ、「重っ」とぼやきながら、棚の上に戻す。

「いいですか！　このノートはですね！　アリス委員長の正義の結晶ですよ！　それをですね！　あなたたちは不正行為を働いてまで盗み見ようとは、ノートに失礼だと思わないんですか⁉　まったく、大体、獅子堂君は生徒会長でしょ⁉　みんなに尊敬されるべき人間が……」

がみがみがみがみと史倉の説教は続く。佐波が途中で「リセットさんかよ」とつぶやき、獅子堂が思わず噴き出してしまったせいでさらに説教は延長される。十分、二十分、三十分と説教が続くうちに、獅子堂はある事実に気づく。

アリス・ウォーノックがまったく戻ってくる気配がないのだ。三十分も人生相談ができるものだろうか？　狭間は何をしているんだ。

説教開始から四十分が経過した。アリスは戻ってこない。史倉が自分の腕時計を見る。

「まいったな。後五分で塾に行かなきゃ間に合わない。アリス委員長、遅いな」

獅子堂の中で「これは状況が変わる好機か？」と思うも、当然、「ノートを盗み見ようとした主犯二人を置いて部屋を去る」ような愚かな真似《まね》を史倉はしなかった。

「仕方ない。アリス委員長、執行室のカギは持ってるし、二人ともあたしと一緒に出ていきましょうか。話の続きはまた明日ということで」

「む……」

しごく真っ当な意見であり、反論の言葉は思いつかない。獅子堂は「ここまでか」と目を閉じる。

そのときである。風紀委員執行室のドアが開かれ、おずおずと誰かが入ってきた。

「あのー、ここ、風紀委員の部屋であってますよね？」

是洞響《ひびき》であった。誰一人戻ってこない状況に不安を覚え、こちらに来たのだ（ちなみに渡辺と宝条が向かったパソコン室はもうすぐ解決しそうである）。

チャンスだ。獅子堂の頭がフル回転で計算を始める。史倉は訝《いぶか》しげに是洞を見る。

「ここは風紀委員の執行室ですけど、あなたは？」

やはり風紀委員は是洞響が文学部と知らない。これは大チャンスである。

「あ、二年の是洞響です」

「え、これと……あ！　な、な、なんでもない！　ごめん！　何の用事で来たの？」

史倉は是洞の名前を聞き、やたら焦る。

是洞は何も考えずに来たので「獅子堂と佐波が床に正座させられ説教されている状況」は予想外だった。是洞は返答に困る。狭間や宝条であれば状況を見て、的確な判断と回答ができただろうが、是洞響は直感型であまりロジカルに物事を考えるのを得意としていない。

「もしかして、君はアリス委員長に用事があったのではないか？」

仕方なく獅子堂が助け船を出すが、これはもろ刃の剣である。「是洞響が文学部所属とバレていない」のが最大のアドバンテージなのに、是洞響の回答を誘導すると史倉に怪しまれる恐れがあったのだ。

だが、史倉はまったく怪しまないどころか、自ら「獅子堂が作りたかった状況」に持ってきてくれた。

「そうなの？　じゃあ、悪いんだけど、今部屋から三人出るからカギ閉めて、部屋に残っててくれる？　アリス委員長はカバン残してるから待ってれば絶対に戻ってくるから！あ、獅子堂君と佐波君が戻ってきても絶対カギは開けないでね？」

まさか是洞響を「獅子堂一派」と思いもせず、カバンと一緒に部屋に残すという選択を選んでしまう。彼女も塾の時間がギリギリで焦っていたのだ。

そして、三人が出ていった後、是洞は所在なく部屋を見る。

「どういうこと？　どうすればいいの？」

まだ彼女は「アリスノートを自分が盗み見る」という点に気づいていない。「獅子堂が戻ってくるのでは？」と思い、彼を待ってしまう。しかし、獅子堂のフォローはさすがだと言えた。すでに彼女のスマホに「アリスノートを見ろ」と指示を出していた。

「あ、ノート、あたしが見ていいのね？　うっわ、カバン重っ！」

獅子堂と同じく、カバンを床に落としてしまい、その重さに是洞は「あっはっは！　ウケる！」と大笑いする。予想外のことは「キモい」か「ウケる」で処理する彼女である。

ひとしきり笑った後、ノートを見た。

ノートはとても綺麗《きれい》な字で丁寧に書かれており、彼女にも「誰が文学部にエロがあると密告したか？」はすぐに理解できた。

「は？」

理解はできたが、脳が理解を拒《こば》んだ。とても信じることができない。

そこには彼女がよく知る人物の名前が書かれていたが、その人物が「文学部にはエロがある」とリークする理由がわからないのだ。

それにしてもアリス・ウォーノックは戻ってこない。いったい何をしているのか？

まさか、壮絶な「エロ」をアリスと狭間が繰り広げていたとは知る由《よし》もない。

「実は……ある女性からセクシャルハラスメントを受けているんです」

「なに⁉」

美しいアリスの顔が驚愕に変わった。プランCの始まりであった。

そのとき、僕のスマートフォンが鳴る。獅子堂先輩からだった。

『不測の事態だ。できるだけ時間を稼いでくれ』と通知欄に映っていた。

……マジですか。この、カップルに竹刀を投げるアリス相手に、時間を稼げ？

「男のおまんがセクシャルハラスメント？　そ、それは何をされとるんじゃ？」

少し息を荒くして、興奮気味にアリスが僕に尋ねる。そのいかにも興味がありそうな顔を見て、僕の中である言葉が思い起こされた。

『ふと思ったのですが、アリス・ウォーノックはむっつりスケベなのでは？』

それは宝条さんの言葉だった。確かにアリス・ウォーノックはむっつりかもしれない。

それは罠に掛けられる絶好の情報ではあったが……。前提として、彼女を誘惑するのが僕だという話だ。

僕は是洞さんの件が行き違いと判明してから自信がついた。

だけど、まだ自分の顔にまで自信があるわけではない。あるわけではないが。

『キタロー君、顔すごいかわいいし、頭もいいじゃん』

『まず顔がかわいい』

是洞さんと宝条さんの言葉が僕の中で蘇《よみがえ》る。

僕はまだ完全には僕を信用できない。

だけど、僕を信じる仲間のことを僕は信じてみようと思う。

自分がかわいいと自信を持ち、アリス・ウォーノックを誘惑して時間を稼いでみせる！

そんな最悪な決意を胸に、アリスに話し始める。

「セクハラの加害者はほうじ、いや、仮名でHさんとしましょうか」

しまった。Hさんという名前はいくらなんでも「宝条さん」ともろバレだろう！

しかし、アリスは興奮した様子で「Hさん＝宝条さん」には気づいていないようだ。

「Hさんじゃと⁉　名前までエッチじゃな⁉」

そこ⁉　僕はコホンと咳払《せきばら》いする。

「話を続けますね。その、お恥ずかしい話なんですが、実は僕、今、二人の女性から告白されているんです」

僕がそう告げるとアリスは驚いた顔を浮かべつつ納得をする。

「うむ。狭間。おまんの顔はこじゃんとかわいらしいがや。当然と言えば当然じゃな」

その反応を見て、僕の中で「アリスも僕をかわいいと思っている＝アリスを誘惑して時間を稼げる」と判断をする。

「しかし、不純異性交遊はいかんぜよ！　健全な風紀を守った付き合いを推奨する！」

そう言ったアリスの手を僕はがっしりと摑む。

アリスの顔に動揺が走る。

「お、おおおおお⁉」

「はい！　アリスさんの言うとおり、僕も不純異性交遊はいけないと思ったんです！　だから、二人には卒業まで友達でいようって言ったんです！」

僕はアリスの意見に賛成するふりしてその手をにぎにぎと握った。

「お、おま、おまん、わ、わ、わしの、手を、おま……」

アリスはぐるぐるした目で動揺してあわあわと言う。

「あ！　ごめんなさい！　つい！」

僕は申し訳なさそうに手を離した。

……しまった。そういえば、アリスは嘘《うそ》を見抜けるというのに、「卒業まで友達でいよう」みたいな露骨な嘘はまずいかもと今更ながら思ったが、アリスを見ると赤面してうつむいており、どうもこのテンパってる状態だと嘘を見抜けないようだと安堵《あんど》する。

そして今の様子からアリス・ウォーノックはめちゃくちゃ接触耐性がないという事実に

も気づく。接触耐性のないむっつりスケベ。これを利用しない手はない。

「失礼しました。で、ですね、僕はその二人に『卒業まで友達でいよう』と提案したのに、その日からHさんが僕に対してセクハラを行うようになったんです……」

「なんじゃと⁉　Hさんの意図はなんじゃ⁉」

「たぶん僕を誘惑して、あわよくば恋人になろうとしているんだと思います。あとはアリスさんが言ったように、Hさんはエッチな人なので誘惑を楽しんでいる節がありますね」

アリスは「むむむ」としばらくうなっていたが、やがて目に涙を浮かべて僕の肩をがっしり摑む。

「狭間……おまん、誰にも言えず苦しんできたんじゃな。昨今、女から男へのセクハラは被害相談がしにくい。よくぞ。よくぞ。勇気を出してわしに相談してくれた」

夕焼けの教室の中、ものすごい美しい顔のアリスが物憂げながらも真剣な眼差《まなざ》しで僕を見る。僕はこんな純粋な良《い》い人を騙してしまうことに少し心苦しくなる。

「よし、わしがHさんを殺してやるぜよ！」

やっぱダメだな、この人。僕は僕の肩を摑むアリスの手を遠慮なくそっとなでた。

「ありがとうございます。でもHさんは友達だから殺しはなしでお願いします」

「な⁉　またおまん⁉」

赤面したアリスが手を引く。

　ふふ、手の接触程度で赤くなってるけど、これからアリスはもっと激しい僕との接触を経験するのだけどね！

「では、どんなセクハラを受けてるか説明します」

　僕が真剣にそう言うと、アリスは興味を隠しきれない瞳で「うむ」とうなずく。

「僕とそのＨさんは同じバイト先で働いてるんです」

　ていうか、同じバイト先で働いてるまで言うと完全にＨさんは宝条さんだけど、もうここまで走り出したのだから、なるようにするしかない。

「バイトか。わしはバイトをしとらんが、社会経験は高校生にかけがえのないものじゃ」

　意外なことにアリスは僕がバイトをしていることに賛同した。風紀委員の気質から反対するものと思っていたので、少し驚く。そのことを話すとアリスは笑った。

「うちにバイト禁止の校則はないからの。如何わしいバイトじゃなければＯＫじゃ。ちなみに何のバイトじゃ？」

「あ。古着屋です。駅から少し歩きますけど、学校からも歩いていけますよ」

「ほぉ。意外じゃの。狭間はもっと別の……いや失礼な話じゃったな。忘れてくれ」

　そりゃ僕みたいな暗くてオタク丸出しな男が古着屋でバイトしてるのは意外だろうさ。

「で、なんとこの間、Ｈさんも僕の古着屋にバイトとして入ってきたのです……」

「なんじゃと⁉　Ｈさんはおまんを追ってきたのか！　いかん！　それはストーカー

じゃ！　警察に相談じゃ狭間！」

「ああ、いえ、Hさんと僕は友人なので、そういうのはちょっと」

あまりアリスを刺激しすぎると宝条さんに迷惑がかかるなと思い、フォローをしておく。

「それで、Hさんの研修を僕が担当してるんですが、Hさん、お客さんや店長の隙を見て、僕にセクハラをしてくるんです……」

普通にちょっと困っているので、相談事は嘘ではない。いや、宝条さんからのセクハラは感情的に「困る」だけでは処理できないところにあって、「困る：四割　恥ずかしい：四割　そういうシチュ好きだから嬉《うれ》しい：二割」って感じだけど。

「この間、本当にひどかったのはですね。僕がレジ打ってるときにHさん、『レジ打ち見てていいですか？』って僕の後ろに近づいたんですよ」

「ふむふむ」

「それで、お客さんの前でレジ打ちしてるのに、お客さんからは死角のレジ下で急に僕のお尻を揉《も》み出《だ》したんですよね……」

「えええええ⁉」

アリスが驚愕し、素っ頓狂な声をあげる。

「思わず、『ひゃん⁉』って声出しちゃって、常連さんに訝しげに見られました」

あれは普通に困った。その後、宝条さんに「お客さんの前でああいうのやめてください!!」と真っ赤《まっか》になって怒ったくらいだ。そのときは「真っ赤になる狭間さん、かわいい」と言われたが、一応、その後、人前でのセクハラはない。

「誰かの前で尻を揉むなんて、やりすぎじゃ……何が楽しいのか想像もつかん……」

アリスはぶつぶつとつぶやいている。そのつぶやきを聞き、僕はアリスに悪魔のささやきを決行する。

「ねぇ。アリスさん」

できるだけ、熱っぽく言う。

以前、獅子堂先輩と「人を落とすコツってあるんですか?」と話したときのことだ。

「まず、相手の熱量に合わせる。熱のある相手には熱っぽく、距離のある相手にはやや熱っぽく。基本はどんな冷めてる相手にも一定の熱量は必要だが、それを過剰にすると温度差で終わりだ。そしてセリフに『自分には君が必要だ』とか『君は苦労してきたのにわかってもらえなかったんだな。俺にはわかる』というワードを入れるとかかな。あとは、特に考えずにやってることで言語化できないテクニックもありそうだ」

そういう回答が来たことがある。それ、僕がドM倶楽部《くらぶ》に勧誘されたときもやられたなと思いつつ、そのメソッドに従ってアリスを落としにかかる。

僕はアリスに顔を寄せる。

「な、なんじゃあ狭間!? か、顔が近いぞ!?」

「何が楽しいのかわからないなら、セクハラを再現してみます？」

「え⁉」

アリスは驚いて目を見開いた。その目の色に「拒絶」のみでなく、「興味」があることを見て取り、僕は確信する。アリス・ウォーノックはこのセクハラに興味があると。

「い、いや。風紀委員長であるわしがエロに走るなどあってはならんことじゃ。再現はさすがにせん」

目線を外しながらアリスが言う。

「ですが、被害者の気持ちがわからないまま被害者に寄り添えるんですか⁉　加害者でもです！　Hさんは僕から見たら加害者ですけど、誰か人に相談できない悩みからそういうセクハラに走った可能性があるのに、あなたは何か悩んでいたかもしれない加害者を『ただの性犯罪者だ』とばっさり切るんですか⁉」

アリス・ウォーノックの正義感、善意をも利用し、そこを突く。

「そ、それは……」

「お願いします。アリスさん。これは必要なことなんです！」

まっっったくもって必要ないけど、勢いだけで押し切る。

とどめにアリスの手を握る。

「助けてください、アリスさん。僕には貴女《あなた》が必要なんです」

最後に獅子堂先輩の人を落とすメソッドの『自分には君が必要だ』を入れつつ懇願《こんがん》するが、聞きようによってはこれ、告白みたいだな……。

アリスはしばらく逡巡《しゅんじゅん》していたが、僕の言葉で決心したように首を縦に振った。

「わ、わかった。やろう、セクハラ」

僕は教室内を見回す。

「じゃあ、この教卓、下が隠れますし、これをレジ台代わりにしましょうか？　僕がレジ打ちやるんで、アリスさん、レジ打ち中に僕にセクハラしてください」

「お、おう」

僕らは教卓まで近づいて、僕の後ろに緊張したアリスが付く。

僕はレジ打ちのふりを始めた。

「いらっしゃいませー。あ、お久しぶりですね。ええ、ええ、急に寒くなってきましたね。この間まで半そででよかったのにって思いますよ。あれ、そのツイードジャケットうちで買ったやつですよね？　パープルのパンツが合うと思うので試してみてください！お会計は二点で五千二百八十円です！　ありがとうございましたー！　またお越しくださいませー！」

僕はそのときの会話を思い出しながらできるだけ再現して架空のレジを打ちきる。打ちきったけど……。僕は後ろを向いてアリスを見た。

「揉んでくださいよ‼　僕のケツを‼」

架空のレジ打ち中、一回もアリスからのセクハラはなかった。いや、明らかに手が近づいたり「迷ってるな」と感じたときはあったけど、結局触れることは一度もなかったのだ。

アリスは顔を真っ赤にして、涙目で僕を見ていた。

「じゃって……じゃって……！　お、おまん、わしと同じ年なのに、すごく頑張って働いてるじゃないか！　そ、そんな頑張ってる立派なおまんの尻を揉むなんて、わしにはとてもできん！　そんなの悪魔の所業じゃ！」

アリス、いいやつだな……内心では感心するが、心を鬼にしてアリスをなじる。

「じゃあなんですか⁉　僕の友人であるHさんを貴女は悪魔だというんですか！」

「そ、そういうわけじゃ……」

(悪魔というか淫魔だよな）と一瞬思ったけど、口が裂けても言えない。

「じゃあ、もう一回やりますからね！　今度はちゃんと、揉んでくださいよ⁉」

「う、うん。頑張る」

セクハラ被害者と加害者の会話ではあり得ない会話をしながら、再びレジ打ちを始める。

「いらっしゃいませー。あ、お久し、ひゃん⁉」

アリスにガシっと尻を掴まれる。早くない⁉

そしてアリスはかなりの力を入れて、僕の尻を揉む。何か夢中になっているようでにぎにぎと執拗《しつよう》に尻を揉んでくる。

「あ、あの、もう少し優しく……」

僕は後ろを向き、抗議するが、アリスの顔を見て驚く。最初こそ揉むのに抵抗を感じていたようだが、そのうちその顔が「めちゃくちゃ楽しそうな顔」に変化していったのだ。

こ、こいつ！　僕の尻の感触を楽しんでいやがる!!　嫌だ！　アリスに汚される！

そして僕にアリスは微笑《ほほえ》む。

「先輩？　レジ打ちの最中じゃないですか？　きちんとお客様に対応しなくちゃ？」

そして、ごっこに入り込んでる⁉　ていうか、アリス、土佐弁じゃない共通語話せたのかよ⁉

僕は仕方なく架空のお客様に向き合う。

「あ、あ、お久しぶり、ひゃうですね。ええ、ん……ああ、ええ、あう、きゅ、急に寒くなってあ、ひゃ、きましたね」

マジかよ、こいつ！　強弱をつけて僕の反応を楽しんでやがる！

しまった！「自分優位の展開」だったはずなのに「意外な優しさ」に惑わされて忘れてたけど、アリス・ウォーノックは本質的にはドSだった！

僕は早くこの状況を終わらせようと思い、先ほどの架空の会話で入っていた「ツイードジャケット」の箇所は飛ばして、会計に入る。

「お、お会計は二点でご、にぃひゃ、く……はち、ん、じゅう円、で、きゅう、す」

全然会計金額が言えなかった。

会計を言うときにものすごく緩急をつけてテクニカルにお尻を揉んできたのだ。

「先輩、今の会計部分、お客様が聞き取りづらかったんでもう一度お願いできますか？」

アリスはにやにや笑いながら嬉しそうに僕を見る。

僕は別にアリスを恋愛対象として見ていない。見ていないけど、そんな目でドMの僕を見たらダメじゃないか、この野郎！

その後、執拗にアリスは値段を言うときに僕を喘《あえ》がせて、値段を聞き取りづらくして、「もう一回」と繰り返して、五回目でようやくOKが出る。

「まぁいいでしょう、先輩」

そこアリスが決めるの⁉　というか、今の状況リアルでやったら「店員たちの何らかのプレイに巻き込まれてる？」ってお客様からバレバレじゃない⁉

「ありがとうございました……またお越しくださいませ……」

最後の言葉にセクハラはなかったが、僕は満身創痍《そうい》だった。

「ど、どうでした？　セ、セクハラする者の気持ちわかりました？」

「う、うむ。わしもちょっとだけ楽しかったし、少しは加害者の気持ちが……」

いや、お前、めちゃくちゃ楽しんでただろ。

それは置いといて、僕は満身創痍の中、無理をしてアリスに微笑む。思ったよりもひどい目にあったけど、獅子堂先輩のために僕はもっと時間を稼ぐ必要がある。

「いや、それは違いますよね？　貴女はまったくわからなかったのでは？　違いますか？」

僕はアリスの欲望を試すような目を向け、誘惑を続ける。

「え？」

「だって、貴女がわからないなら、僕はもっと貴女に教えなきゃいけませんからね。状況を再現してもっと教えなきゃ。だから、『わからない』ですよね、アリスさん？」

アリスは僕にそう言われ、最初は「舐《な》めるな！」という怒りの表情をした。一瞬、僕は「やべぇ。やりすぎた」と焦るが、その後、彼女はすぐに悩みだし、困惑の表情を浮かべて、恥じたように顔を赤らめ、躊躇《ちゅうちょ》している。表情がコロコロ変わるな。

そして迷った末に一言ぼそりと言った。

「わ、わからなかった。もっと、知りたい……わしには知る必要がある」

折れた！　アリス・ウォーノックが今、風紀を自ら折り、エロに屈服した！

「そうです、アリスさん。アリスさんは風紀の人なんですから、対義であるエロを知る必要があるんです！　これは敵情視察！　正しい行いなんです！」

「そうじゃ！　わしは風紀委員じゃ！　敵を知らずにどうする！　わしは正しい！」

それを自分の良心に向かって言い聞かせていることに彼女は気づいているだろうか？

「で、では、狭間。おまんはほかにどんなセクハラを⁉」

くくく。まるで餌を待つコイみたいですよ。

ありますよ！　とっておきのセクハラがね！

「実はこれ、つい今週受けたやつなんですが……」

「つい今週受けたやつ⁉」

「ええ、あれは僕が文学部で活動してたときです」

もう文学部まで言ったらHさんは宝条さんってバレバレだな。いや、「渡辺帆立《ほたて》」も一応Hさんか？　渡辺君からセクハラは嫌だな……。

「今回はとてもシンプルな話なんですよ。単純に、僕が座っていたら、Hさんが僕の上に座ってきただけです」

いや、これHさんが渡辺君なら僕、圧死してるな。

「そ、それはカップルがやるようなことじゃ！　付き合ってもいないおまんらがやるのはよくないぜよ！」

「ええ。ええ。だから言いましたよね？　セクハラを受けている、と」

あくまでも被害者は僕で相談している立場である。

アリスは何かを待つような期待する目で僕をちらちらと見てくる。

「してみます？　セクハラ再現」

僕がアリスが待っていたであろう言葉を吐くと、アリスは一瞬とても嬉しそうにした後、咳払いする。

「そうじゃ、の。わしにはその義務がある、か」

ちょろい。わざわざ偉そうにして言い直してるのがおかしかった。

僕は空き教室の椅子に座る。

「そ、そいでHさんはおまんの上に座った、と」

アリスはそう言いながら、とても緊張した面持《おもも》ちで目を閉じて深呼吸を繰り返す。

アリスも僕の上に座ろうとした。

そこで僕の予想もしなかったことをアリスは引きおこした。

アリスは僕の上に座った。座りは座ったが、対面する姿勢で座ったのだ。

色々と絵面がやばい！

「アリスさ……むぐ！」

アリスは恥ずかしそうにぎゅっと僕のことを抱きしめてきた。そのせいでアリスの控えめな胸が顔に押し付けられ、言葉が出ない。アリスの異様に高い体温を全身に感じ、高鳴る心臓の音まで聞こえてくる。

なんとか胸から顔を離して、抗議の視線をアリスへ向ける。アリスの熱っぽい目と僕の目が合った。

アリスの瞳は明らかに常軌を逸した状態で、それからは何か激しすぎる感情しか読み解けない。

次の瞬間。

身体《からだ》にふわりと浮いたような感覚が走る。いや、「浮いたような」じゃない。「浮いてる」んだ。

僕は椅子から落とされ、アリスに床に押し倒されていた。

アリスが僕に馬乗りになっている。

熱に浮かされたような焦点の合わない瞳で呆然《ぼうぜん》と僕を見てアリスはつぶやく。

「全部、おまんが悪いんじゃ……おまんはわしの芯を熱くしてしまった……」

しまったー‼ やりすぎた‼

僕は馬鹿か⁉ 虎穴に入りすぎて虎に喰《く》われる！

万力のような力で押さえつけられ、手が動かない。力強っ！ その華奢《きゃしゃ》な印象からは信じられないほど力が強い！

息を荒くしたアリスは顔を近づけてくる。こんな状況なのに僕は「ああ、本当に綺麗な人だな」とか場違いなことを考えてしまう。

是洞さん、宝条さん、ごめん……僕は今日、アリス・ウォーノックに色々奪われるかもしれない。

「や、優しくしてください……！」

アリスはそんな僕を見て、憂《うれ》いのある顔で笑う。そして優しく僕の髪に触れた。

「かわいらしいな……おまんは本当にかわいらしいやつじゃ」

覚悟して目を閉じる僕。

ほっぺたに濡《ぬ》れた何かが優しく触れた。

「は、ははは。チューしてしもた。風紀の乱れ……わしゃ、なんちゅう、エロじゃ……」

アリスはそう言うと「キュー」と声をあげ、糸が切れたように僕の上に倒れた。

上気した顔で目を閉じており、意識を失っているようだ。

「ほっぺたにキスされた」

当然初めての経験だけど、何かちょっとだけ残念な気持ちが僕に去来していた。

僕もなんだか疲れてしまった。アリスを起こすのも悪いし、そのままうとうとする。

◇◆◇

寝てしまったか。感覚的には一時間もたっていないはずだ。

まだアリスは僕の上で眠っていた。

(喋《しゃべ》らなければ、本当に超美人だよな)

しかし、その火のような性格は顔の美麗さを相殺して余りあるレベルである。

そんなことを考えながら、じーっと見てると僕の上で寝息を立てていたアリスは突然、カッと目を覚ます。

「うわ、びっくりした！」

その目覚め方は突然、ゼロが百になったようで、目が覚めるって徐々にだと思い込んでいた僕の常識は破壊された。

「いかん‼」

アリスはそう言うと、僕の上から飛び起きる。

「忘れろ狭間！　今日起きたことはただの過ちじゃ！」

青い顔をしてアリスは言った。どうやら一睡して、発情に振れていた精神が風紀に寄ったらしい。

「ほっぺにチューしたことをですか？」

身体を起こした僕がそう言うと、カッと何かがほほを掠《かす》め、僕の背後で「パァン！」と破裂音がする。

僕のほほに切り傷ができてツーッと血が流れる。何かを投擲《とうてき》したのはわかったが何を投擲したのか目で追うと、背後にある黒板に爆発したかのような白い跡がついていた。

もしかして、チョークを投げて僕のほほを切り裂きました？

ガクガクと身体が震え出した。僕はなんていう人間を誘惑していたんだ！

「ほっぺにチューとか二度と言うなよ？　言い終わらぬうちにおまんの首から上を粉砕して口封じすることなどわしには容易《たやす》いからな？」

アリスは悔いるように後頭部をガリガリとひっかく。そして手早く身支度《みじたく》をすると空き教室から去ろうとした。

「まったく、なんちゅう失態じゃ！　二度とせんぞ、わしは！」

そう言いながらもその足はぴたりと止まり、僕のほうを振り向く。

「じゃが、相談はまだ済んどらん。こんな未熟なわしでよければまた相談してくれ」

アリスはそう言うと足早に去っていく。最後に言った言葉の真意が「相談を解決できなかったことを申し訳なく思う」なのか、「またセクハラごっこがしたい」なのかはわからなかったが、ほほの切り傷が痛み、爆裂したチョークを思うととても聞けなかった。

◇◆◇

「遅くなりました！」

文学部の部室に戻ったとき、すでに全員が揃っていた。校門が閉鎖されるにはまだ余裕があるが、だいぶ遅い時間だ。

「お前で最後だ、狭間。ずいぶんと時間を稼いでくれたが、いったい何があったんだ？」

獅子堂先輩が心配というより、心底疑問というふうに聞いてくる。

「すいません、アリス・ウォーノックと寝てました！」

僕がそう言った瞬間、部員たちがざわめいて立ち上がった。

「なんだと貴様⁉　我々が必死に頑張ってるのに、そんな如何わしい時間稼《じかんかせ》ぎを⁉」

「キタローすげー‼　お前は学校一の美人と寝たんだぞ！」

「いえいえ、きっと何か理由があるのですよ！　そこのところ、ＫＷＳＫ」

「え、キタロー君、嘘だよね？　そんなのあたし悲しいよ」

四人がそれぞれの反応を示す中、宝条さんは唯一立ち上がらず、お茶を飲んでいる。

「皆さん、落ち着いてください。どうせ、狭間さんの『寝た』は『性交渉』ではなく『スリープ』のほうです。そうでしょ、狭間さん」

意外な人が一番冷静だった。宝条さんが正解を指摘する。

「そ、そうです、そうです！　眠ってたんです、アリスと！」

宝条さんはそれを聞いて微笑む。

「よかった。もし、狭間さんがアリスと性交渉をしていたら、今から身体を鍛え、アリスから狭間さんの童貞を奪う必要がありました」

「そういうシステムなの⁉」

獅子堂先輩は「ふむ」と言うと全員座ったのを確認して、僕に尋ねた。

「なんにせよ、アリスと眠るなど普通のことではないな。お前が時間をものすごく稼いでくれたおかげで助かったが。いったい、どういう時間稼ぎをしたんだ？」

とりあえず、僕の経験した出来事を全部、正直に言うと、僕に対する暴力の嵐が飛びかねないので「話を盛る」の逆をして、限りなく「話を削る」。

「なるほどね。軽い逆セクハラでアリスをパンクさせて眠らせたか」

ぶっちゃけると、そんなに軽いセクハラではなかったけど……。

「では次に拙者たちのほうを話しましょうか」

そう言うと渡辺君は僕のために、一から説明してくれた。

僕はそこで初めてパソコン部と野球部の事件が起きていたことを知り、驚く。

渡辺君がパソコン部と野球部の間でシコを踏み、にらみを利《き》かせ、その間に宝条さんが両部長の下劣な人間性を批判して、一人一人、部員たちの心を引きはがし解散させ、後日、両部長のみ罰を与えるということで事態は片づいたらしい。

「木暮が褒《ほ》めてたぞ。お前たちの対応は完璧に近かったそうだな」

最後に獅子堂先輩がそう締めて、僕は今日一番の重要目的について尋ねる。

「ところでプランCは成功したんですが？」

「微妙な質問だな。お前の問いに答えるならプランCなら失敗したが、アリスノートは見ることができた」

　そこで獅子堂先輩はプランCの顛末《てんまつ》を話す。プランCは失敗したが、是洞さんのおかげでアリスノートを盗み見たことも知る。

「俺と佐波は明日、風紀委員から呼び出しだな。狭間もグルと疑われて呼び出しを受けるかもしれんが……」

「僕としては割とアリスさんにひどいことしたから、謝罪するのは別に構いませんよ」

　さすがに、呼ばれてないのに自ら出頭する自殺願望はないけど。

　獅子堂先輩は怒られ慣れていないのだろう、結構嫌そうな表情をしていた。さすがに「アリスノートを見ようとした」という所業くらいでは生徒会長としての権威失墜《しっつい》というレベルではないだろうが、人気に少し痛手だろう。

「で、アリスノートの中身は？　僕らを訴えた人間が誰かわかったんですか？」

「ああ、実はまだ聞いていないんだ。是洞は『意外な人物』と言っていたが」

　僕らの視線は是洞さんに集中する。是洞さんは皆に見られ少し照れたように「コホン」と咳払いした。

「キタロー君が戻ってから言おうと思ってね」

　獅子堂先輩は是洞さんに早く言ってほしいとばかりに催促した。

「犯人は？　まさかこの部員なのか？　俺たちが知ってる人物なのか？」

「この中で知ってるのは、あたしとキタロー君、あとヨッシーも知ってるかな」

誰だ、それは？　まさか全然関係ない小学校時代の友達？

僕が色々な考えを巡らせていると、是洞さんは口を開き、意外すぎるその犯人の名前を告げた。

「是洞灯《これとうあかり》。是洞灯が『文学部が棚にエロ本を隠している』ってアリスに相談したみたい」

部室の中がシンとする。ほとんどの部員が「是洞さんの関係者だろうけど誰だ？」という表情を浮かべている。少なくとも、「是洞灯」が誰かをピンと来たのは僕だけだった。

いや、もう一人。獅子堂先輩もそれが誰かすぐにわかったようだ。

「風紀委員に訴えた犯人はあたしの姉、是洞灯だったよ」

それで話はおしまいとばかりに口を閉じてしまった。獅子堂先輩が口を開く。

「なぜ、灯さんがそんなことを？」

「さぁ？　わかんない。仲悪いんだよ、あたしとお姉ちゃん」

是洞さんは肩をすくめた。そして、獅子堂先輩の「灯さん」という親しげな口ぶりが気になる。

「獅子堂先輩、是洞灯さんを知ってる口ぶりですね？」

「ああ。ここの生徒だったからな。三年前の秋に二年生としてこの学校に転校してきて、去年の三月、狭間の入学前に卒業している」

是洞灯さんがこの学校のOGというのは知らなかった。そういえばアリスが「獅子堂先輩は全校生徒の顔と名前を覚えている」と言ってたっけ。しかし、僕がそのことを指摘すると「いや、そういうわけではない」と獅子堂先輩は否定した。

「それ以前に灯さんと俺は面識がある」

その言葉に当然、是洞さんは反応した。

「会長、あたしのお姉ちゃん知ってるの？　ならあたしに声かけてもよくなかった？」

「いや、実は『君の姉だろうな』というのはすぐに気づいていたが、灯さんと俺はそんなに親交はなかったのだ。何しろ、俺が一年のとき、あの人は三年だ。機を見て雑談で言う程度で済まそうと思っていたのだ」

僕は獅子堂先輩に疑問を投げる。

「どういう関係ですか？」

「『なぜ灯さんがそんなことを？』とは言ったが、動機面は不明だが、それ以外は全部埋まってしまう。彼女は、元文学部副部長で元風紀委員、要するに文学部の先輩だよ」

僕らは顔を見合わせた。

「もうそいつじゃん」

佐波はそう言ったが、僕には疑問が残る。是洞灯さんが文学部で風紀委員？

僕が知ってる是洞灯さんは、優しい是洞響さんを見た目そのままで意地悪にした感じの人で、どちらかというと「運動と祭りを好む陽の人」だ。風紀委員も文学部もイメージに合わない。

「あー。お姉ちゃんが、文学部を訴えた理由はわかんないけどさ、たぶんキタロー君が思ってるお姉ちゃんと今はイメージ違うよ?」

是洞さんが首をかしげる僕を見て、説明する。

「お姉ちゃんさ。中三のころ、ちょっと男にひどい目にあわされたみたいで、すごく暗くなっちゃったんだ。あたしガチで心配したんだけどさ。ずっと仲悪かったから拒絶が半端なくてさ」

そうなのか……あまり面識はないけど、何度か会ったことはある。意地の悪い人ではあったけど、グループの中心にいてよく笑う人だった印象だ。

「しかし、どのみち、アリスさんからの警戒を解いてもらうには、是洞灯さんにどうにかしてもらうしかないでしょう。是洞さんがお姉さんに会って、『なぜそんなことをしたのか?』を聞き、できれば依頼を取り消すように直談判《じかだんぱん》するしかないのでは?」

?なんだろう。宝条さんがそう言いながら、なにか邪悪な笑いを抑えきれない表情をしている気がする。その笑みの意味を知るのは、この事件がすべて終わってからの話だ。

「あー。ガチに気が進まねーけど、それしかないよねー」

是洞さんは嫌そうに髪をひっかきそう言う。そして何かを思いついたようにとんでもない発言をした。

「そーだ。お姉ちゃんに直談判に行くならキタロー君付いてきなよ。お姉ちゃんキタロー君の言うことなら聞くかも！　小学生のころ、お姉ちゃん、キタロー君を好きだったんだよね。それにあたし馬鹿だから、交渉とちるかもしれないし！」

軽く、本当に軽く、爆弾発言が飛び出した。本当に、今がモテ期だな。

『あまり面識がない』とか考えていたのは僕だけで、向こうはそれ以上の感情を抱いていたらしい。なんだか申し訳ない。

「そうだねぇ……思えば、お姉ちゃん、キタロー君が話に絡《から》むと、結構、意地悪が多かったからさ。だから、昔、引っ越し前にキタロー君からのプレゼント捨てたときも、『あ、受け取ったらすげーウザ絡みされる』って思ったのかもね。当時はそこまで考えてなかったけど、お姉ちゃん、あたしに嫉妬してたのかな」

それを聞いた宝条さんが複雑な顔をする。

「わたくしとしてはこれ以上ライバルが増えるのは望ましくないのですが。ただでさえ、貴方のほかにアリスまでライバルになりそうなのに」

「あはは！　お姉ちゃん、男の趣味変わったからキタロー君はガンチューにないって！」

そう笑う是洞さんだったが、宝条さんだけでなく、それ以外の部員たち全員、心配そうにその様子を見ていた。

終章　僕はこの女性と旅に出る

翌日。獅子堂《ししどう》先輩と佐波《さば》がアリスに呼び出しを受けてこってり絞られたが、僕との関係は疑われず、僕は呼ばれなかった。

……僕を呼び出して昨日のセクハラに話が行くのをアリスが避けたな。

そして放課後。僕は是洞《これとう》さんの家に向かう。灯《あかり》さんが夜からバイトらしいので、会えるのは夕方のみらしく、僕らは互いに部活を休んで予定を作った。

一度引っ越して、この街に帰ってきてるから当然だけど、小学校のころとは全然違う住所に是洞さんのアパートはあった。

「ただいまー。お姉ちゃんいる？」

是洞さん……いや、姉妹で紛らわしいな。一旦、響《ひびき》さんと内心呼ぼう。響さんの声は緊張していた。あまり仲良くない姉に直談判《じかだんぱん》するのは気が進まないだろう。

「いるよ」

そう気だるそうに言ってリビングで本を読んでいたのは、あまりに僕のイメージする是洞灯さんからはかけ離れている人だった。

まず暗い。灯さんは陰気さ、ネガティブさが顔ににじみ出てしまっている。昔のような前向きな明るさを彼女からは感じない。

髪型は真面目そうなみつあみおさげで、黒いフレームのメガネをしていた。服装はラフなTシャツ姿で部屋着という感じだ。

そして、それらの風貌にあまりにアンバランスなのが、耳元のピアス、腕に刻まれた多くのタトゥーだった。シャツからはお腹《なか》が見えており、へそにもピアスが見える。

灯さんは僕を見てしばらくポカンとする。そして「え、北見《きたみ》君?」と聞いてきた。北見は僕の旧姓だ。

「は、はい。覚えててくれたんですね」

僕がそう返すと、灯さんは見る見るうちに赤くなっていき、自分のタトゥーを隠すように押さえる。

「ちょっと馬鹿響! 北見君呼ぶなら言ってよ! あたしだって準備したのに!」

「言ったよあたし! キタロー君連れて行くって!」

「誰だ、キタロー君って! あんたの彼氏のあだ名だと思ったわ! 北見君って呼べ! ちょっと待ってて!」

そう言って、灯さんは自室に入っていった。

「あいつ、キタロー君のあだ名覚えてないとかモグリだな」

確かに小学生時代から「キタロー」ではあったけど、あのレベルの面識で覚えてるほうが無理だろ。そもそも、本当にそこまでの面識はない認識なので、響さんが言っていた「灯さんは僕を好き」という話もデマの類と考えていた。

そして響さんは焦《あせ》るように頭部を掻《か》く。

「てか、あの反応やべぇな。あたし、キタロー君はガンチューにないって言ったけど、まだ余裕であるかも」

数分後、灯さんは部屋から出てくる。今度は長袖のカーディガンを着てタトゥーとへそピアスを隠し、おさげを解いて髪でピアスも隠していた。

「あー、北見君、久しぶり。あたしのこと覚えてる？」

バツが悪そうに頭を掻いてそう言った。

「はい。小学生のころ、響さんの家に遊びに行くとき、何度かお会いしてますよね？　一緒に遊んだこともありますよね」

「覚えてたんだ。嬉《うれ》しいな」

灯さんは嬉しそうに笑った。顔つきや格好はまるで別人だけど、笑うと華やぐ様子は昔のままだ。

「あと、すいません、僕、名字、狭間《はざま》に変わったんですよ」

「あー、そうなんだ？　あたしも鈴木からコレトーに変わったし、色々あるよな」

そう言ってまた笑った後、少し暗そうな表情でうつむく。

「本当に色々あるよね。ごめんね。こんな姿、北見……いや、狭間君に見せたくなかったな。なんかこんなふうになっちゃって。タトゥーも中三のころに当時の彼氏の影響で入れたんだよ」

どうも悪い男にガッツリ影響を受けたらしい。たぶんそいつが響さんの言う「ひどい目にあった」の相手か？

え⁉　というか中三⁉　中三でタトゥー⁉

ということはこの人、高校時代にはタトゥーが入ってたから夕トゥーを入れながら風紀委員をやってたのか……。そしてその辺の話は少し聞いた「ちょっと男にひどい目にあわされたみたいで、すごく暗くなっちゃった」に繋《つな》がりそうなので、触れにくい。

「まず、知らなかったけど、お姉ちゃん、あたしの高校の風紀委員で文学部ってガチ？」

響さんがそう聞くと灯さんは少し険しい顔をする。

「あんた、なんでも『マジ』のこと『ガチ』って言うの止めろってずっと言ってんじゃん。うちらの間では、ガチは本気度が高いときに使うから、乱発しないでほしいんだけど」

そこ⁉　と思いつつ、この姉妹はこういう論争を繰り返してきたんだろうなと思う。なんとなく思い出したけど、灯さんは昔からこういう揚げ足取りをして、揚げ足取りに本気になる人だった。響さんが温厚で優しい人だから「仲の悪い人」って想像つかないんだけど、この姉妹はこういうのが累積してるんだろうな。

「風紀委員と文学部の答えはマジだよ。あんた風に言うとガチだよ」

「なんで？　お姉ちゃんのイメージとちげーじゃん？　水泳好きだったんだから、水泳部入ればよかったじゃん」

「は？　タトゥーしまくってるやつが水泳部に入れるか！　夏でも長袖でだったのに！」

そりゃそうだ。しかしだからと言って文学部に入る理由がわからない。

「ではなぜ文学部に？」

「あー。そりゃ真面目なふり？　ってやつだよ。別にもう彼氏もいねーのに、タトゥーもろ出しで馬鹿な真似《まね》してんのも教師ににらまれるだけで、無意味じゃん？　だったら内申点あげてーわけよ。それにうちの文学部、クーラーきいてるから夏場で長袖でも怪しまれないんだよね」

灯さんはそう言って笑った。確かに。うちの高校は公立校だけど文学部がめちゃくちゃ優遇されている（うちの高校創立当時の県知事と初代校長が元文学部所属で優遇してくれたらしい）。密室となる専用の部室があってクーラーまでついてる部活はそうそうない。

「あの……最近、風紀委員に文学部にエロ本が隠れているって訴えました？」

僕は恐る恐る尋ねた。いきなり核心をついてしまい、響さんが少し驚く。

僕がそう聞くと灯さんはポカンとして少し目を見開き、立ち上がると換気扇の側に近づき、電子タバコをくわえた。

「あ！　お姉ちゃん、ベランダで吸えってお母さんに怒られるでしょ！」

響さんが怒るが、灯さんは気にせずタバコを吸う。

「電子はあんま匂いつかねーからいいだろうが。うん。あたし、言ったよ。風紀委員に」

「なぜ、です？　なぜ部屋にも棚にもカギがかかってるのにあれらを開けて、エロ本を見つけたんです？」

「あたしさ。実は本のことなんていまだあんまわかんねーけど、なんか文学部の副部長になっちゃっててさ。部室のスペアキー、作ってもらったんだよね。なんか卒業後もスペアキー返し忘れててさ。それでふとこの間の日曜日に『あ、そういえば部室に本忘れてんな』って取りにいったのよ。ええっと、なんかすげー頭のいい化学かなんかの偉い先生の自伝的なやつで。馬鹿なあたしでもわかるおもしれー本」

僕も是洞さんも本を読まないので、それが何の本かわからない。後日、獅子堂先輩に聞くと「『ご冗談でしょう、ファインマンさん』だな。面白いぞ。ちなみに化学じゃなくて物理学の人で、文学部にあった書籍なら俺の手元にある」と即答された。

「で、びっくりしたんだけど、文学部、今、全部デジタルなんだね。あたしの本もねーから、仕方なく棚を開けたらエロ本が山のように出てきてすげーびっくりしたわ。で、文学部にも一応愛着あるじゃん？　黙ってるわけにもいかねーから、通報したわけ」

……。なるほど。それが真相か。一点わからない点がある。

「なんで風紀委員に？　先生に言ったほうが良《い》いのでは？」

「単純にセンコーにツテがなかったんだよ。でも、今の風紀委員の史倉《しくら》ちゃんなら一年のころを知ってるから、史倉ちゃんからアリスちゃんとかいう超美人を紹介されたわけ」

今、すべてのピースが繋がった。

真相は完全に「第三者による事故的な告発」。

そして真相を暴《あば》いても解決しない。

しかし、僕はこの日のために解決策は用意している。それを僕は実行した。

僕はテーブルに頭をつけ謝罪する。事前に聞いてなかった響さんは驚いて僕を見る。

「ごめんなさい！　あのエロ本は僕のなんです！」

「え？　は？　なんで？」

灯さんはきょとんとした後、状況を理解し、少し嬉しそうな顔をする。

「え？　なに？　もしかして、狭間君、文学部なの⁉　マジ⁉　狭間君と同じ高校の同じ部活だったとか奇跡じゃね？」

「あたしも文学部だけどね、お姉ちゃん」

「あ？　お前には聞いてねーよ。馬鹿のあんたが文学部ってなんだよ。字、読めるの？」

「字くらい読めるし！」

不毛な姉妹喧嘩《げんか》が始まったが話を続ける。

「実は先週、僕の部屋に親戚が泊まることになりまして！　そのため部屋には置いておけなかったエロ本をあそこに隠したんです！　土日だけ隠したんですが、まさかこんなことが起きるなんて！　僕のせいで今、文学部は風紀委員ににらまれ、大変なんです！　どうか風紀委員への依頼を取り消してくれませんか⁉」

事前に用意した嘘《うそ》をスラスラという。いや、棚の本はかなりの量だ。さすがに苦しいかと思うが、灯さんは謝罪する僕を見てにやにやと笑う。

「狭間君、性欲すげーな。普通に考えたらあの量のエロ本は引くよ」

「恥ずかしながら、それはおっしゃるとおりです」

さすがに「あの本を一人で所持していた」を通すには僕の性欲が淡白では問題がある。

灯さんはしばらく逡巡《しゅんじゅん》している。「受けたときの自分の利益」と「断った際の自分の利益」を深く考えているようだ。

「お姉ちゃん的にはさ、キタロー君に嫌われるのは別に構わないわけ？」

響さんがそう言い、灯さんはしばらく悩んだ後、僕に振り返ってニッコリ笑う。

「まぁ、いーよ。風紀委員への依頼、取り下げるよ」

「ほ、本当ですか⁉」

「理由も、妹が文学部に入ってむかついたから嘘をついた、とかでいいでしょ」

「いや、妹が文学部だからってむかつくなよ……」

響さんが反論すると灯さんはつまらなさそうに一瞥《いちべつ》する。

「行間を読め、文学部。『あほの妹が高尚な文学部所属でむかついた』まで説明必要か」

響さんはむっとして灯さんをにらんでいたが、僕的には灯さんならやりかねない理由な気がする。

しかし、灯さんはここで交換条件を出した。

「その代わりさ、狭間君の連絡先教えてくれない？」

「え⁉」

僕は固まる。

腕にびっしりタトゥーを入れてるなんて明らかにやばい人だ。

何か危険なことに巻き込まれるんじゃないかと不安になる。

「ダメダメダメ！　お姉ちゃん、キタロー君、絶対に襲うでしょ！　妹としてそういうのは認めません！」

響さんが僕たちの間に割り込む。必死になっている響さんを心底嫌そうに灯さんは見た。

「あ？　あんたに聞いてねぇよ。……まぁいいや。いきなりがっつくのもなんだし、とりま、恩を売るのも悪くないか。ただで風紀委員の取り消しはやっとくよ」

交換条件はなしにして、あっさりと手の平を返す。灯さんは基本的に横暴で意地悪だけど、昔からこういう姉御肌というか気前のいい面がある。

「あ、ありがとうございます！」

僕は頭を下げた。

そして交換条件なしと言いつつ、自分の連絡先はさらりとメモに書き、手渡してきた。

響さんがすごい目で見てるので受け取りにくいけど、タトゥーが入ってる人の貰《もら》い物《もの》は断りにくい。危ないところだったな。もう少し頭を下げるのが遅かったら「連絡先をもらってお礼を言う人」が爆誕してたな。

「ま、あたしのエロ自撮りがほしければ、その連絡先に連絡ちょうだいね？」

これ、連絡先を教えたら普通に人前で開けないトーク欄になっていたな……。

最後に灯さんは帰ろうとする僕にとんでもない爆弾発言をした。

「ね。あんなエロ本じゃなくてさ。溜《た》まったらあたしに言いなよ。狭間君ならただで抜いてあげるから。セフレになろうよ？」

舌を出しながら何かを咥《くわ》える演技をして手を上下する灯さん。

下品だ!!

「そそそそういうのはちょっと困ります！」

ここにきて、学生の遊びだった「エロごっこ」にガチ勢が乱入してきたよ！

「お姉ちゃん最低だよ！　キタロー君はそんな変態的な関係になりません！」

響さんもプリプリと怒った。というか、灯さん、かなり性に奔放だな……そりゃ、純粋な響さんとは相性が悪いわけだ。

「灯さん、お言葉ですが、もっとご自身を大事にしたほうが良いと思います」

灯さんはそれを聞いて、しばらくポカンとした後、急激に大笑いを始める。

「あっはっはっは！」とお腹を抱えて爆笑していたが、やがて笑いの発作が収まると、そして目に涙を浮かべて言った。

「あたしに自分を大事にしろか！　そうだね、もっと自分を大事にするよ。ありがとうね、狭間君」

いったい何が灯さんのツボに入ったのかまるでわからなかったが、その目は何か寂しそうだった。

◇◆◇

約束どおり、灯さんは風紀委員への依頼を取り下げてくれた。

しかし、灯さんが風紀委員の依頼を取り下げてもアリス自身が個人で文学部を探るのではという懸念があったが、これが思いのほかあっさりと引き下がった。逆に怖くなって、獅子堂先輩は探りを入れたが、複合的な情報から判断すると、「わしらは生徒の依頼第一で動いちょる。まぁ、今回は『元生徒』じゃが、わしらにとって彼らの願いが第一ぜよ。それが取り下げられたなら、特に動かん。わしが個人で動くとしたら、生徒の依頼が全部片づいたらじゃな」ということらしい。佐波は「アリスへの依頼が全部解決しないことを祈ろうぜ」と言ったが、同感だった。

かくして、ドM倶楽部《くらぶ》に平和が戻り、くだらなくもとても大切な毎日がまた始まろうとしていたが……最後の爆弾は静かに爆発を待っていた。

あるとき、ドM倶楽部で僕、宝条《ほうじょう》さん、獅子堂先輩の三人で雑談をしていると、宝条さんがニコニコ笑いながらこう聞いてきた。

「ところで狭間さん。賭けはわたくしの勝ちでよろしいですね？」

賭け？　いったい何の話なんだろう？

「賭け」という言葉で宝条さんとの間に交わした約束を脳内で検索してみると、一つだけ思い当たった。

『もし是洞さんが犯人なら、宝条さんのどんな命令にも従ってあげる』という約束だ。

僕は思わず笑ってしまった。

「何言ってんですか。犯人は是洞さんではなかったじゃないですか」

「狭間さんこそ、何を言っているんですか？　犯人は是洞さんでしたよ？」

宝条さんは何を言っているんだろう？

僕は不思議に思い、しばらく考えて「あ！」と叫ぶ。

犯人は是洞さんだった！　是洞さんは是洞さんでも、姉の「是洞灯」のほうだけど！

「な、なにを言ってるんですか！　姉のほうは無効でしょ！」

僕が焦ってそう言うと宝条さんが残酷にニヤリと笑った。

「おやおやおや。確か、『もし是洞さんが犯人なら、一日、宝条さんの命令に従ってあげます』とおっしゃいましたよ。是洞響とは明言されていませんよ？　あのとき、わたくしは是洞灯のつもりで話をしてましたが？」

「それは嘘でしょ!!」

絶対、陸上部がどうとか言ってたよ宝条さん！

「しかし、賭けは成立しませんか？　狭間さんは賭けのときに『是洞響』と明言するべきでしたよ」

それを言われる確かにそうだけど、これは「不成立」で強行できるか？

僕がそう思っていると、話を聞いていた獅子堂先輩が咳払《せきばら》いする。

「賭けは成立だな、残念ながら」

学生服とはいえ、ピシッと着こなしてシュッとした獅子堂先輩がそう発言するとプロのディーラーみたいだな。

「え、な、なぜですか⁉」

そう尋ねると、獅子堂先輩は内ポケットからハンカチを出すように紙を一枚取り出す。

「あの後、宝条の頼みで念書を作成したんだ」

そう言って念書を僕に渡してきた。

『もし是洞さんが犯人の場合、狭間さんはわたくしの言うことをなんでも聞きますが、条件として犯人確定までわたくしは是洞さんを疑うこともしません　宝条蘆花《ろか》』

「見てのとおり、是洞を『是洞響』と明記していない。是洞灯も該当すると俺は思う」

「念書なら全員の名前をフルネームで書いてくださいよ!!」

「すまん。犯人が是洞灯とは想定していなかったので、学生の念書だし通してしまった」

しかし、念書まで出てきてしまったら勝ち目はない。

「ちょ、ちょっと微妙な判定なので『なんでもする』とは言いましたけど、穏やかなものでお願いしますね？」

僕が怯《おび》えながらそう尋ねると、宝条さんは「どうしよっかなー？　蘆花、わかんないなー」と首をかしげた。大丈夫ですよね!?　肉体関係は迫らないって言いましたよね!?

◇◆◇

宝条さんとの賭けの約束は「文化の日を使った二泊三日の二人の旅行」となった。獅子堂グループ系列の高級ホテルを獅子堂先輩が一泊五千円という安価で取ってくれたらしい。

旅費は、旅行準備をしていると父さんが「友達と旅行に行くのかい？　楽しんでおいで」と三万円をくれた。うちも貧乏だろうにありがとう。家族旅行以外、あまり経験がないから予算感覚がわからないけど、交通費が往復で四千円くらい、宿泊費が一万円ちょうどだから、これに僕のバイト代も足せばなんとかなるだろう。

そもそもの計画でいえば、この予算自体がもしもの事態にそなえたもので、僕は旅行を破綻させる計画を立ててたけど。やはり問題は宝条さんと二人で旅行という事実だ（「ちなみに是洞さんには内緒で」と宝条さんには釘《くぎ》を刺されている）。

やばい。二人きりの旅行はやばい。主に僕の貞操的な意味で！

「肉体関係は迫らないって言いましたよね⁉　旅行はアウトでは⁉」

朝、旅装の宝条さんと合流して、最初の質問がそれだった。

「まさか！　そのようなはしたない真似はしませんよ。うふ、ただの友人との楽しい旅行ですよ！　男女間の友情が存在することを世界に証明してやりましょう‼」

そんなことを言う宝条さんは独り暮らしを始めてファッションも自分で決め、叔父の古着屋から服をもらったりして、オシャレな格好を始めている。今日の服装は秋物のグレーのクラシックワンピースに女優帽の「お姫様の休日」という服装だ。なかなか着るのに勇気のいる服装だけど、宝条さんのお嬢様然とした見た目には非常に似合っている。

「しかし、あれですよね？　わたくしから肉体関係は迫りませんが、ラッキースケベ的な事象が起きたら有効ですか？」

「度合いによりますが……それは仕方ないと言える事象ならしょうがないのでは？　どんなラッキースケベですか？」

「うっかり膣《ちつ》に陰茎が入ってしまうような」

「いきなり度合いがK点を超えてきたな！」

……。これはやばいぞ。とにかく、なんとかしなければ。

なんてね。

いつもの僕なら青い顔をして右往左往してたけど、対策は完璧なのさ。

詰めが甘かったな、宝条さん！

僕と宝条さんが二人っきりで旅行に行くことはすでに風紀委員長アリス・ウォーノックに伝えてあるのさ！　是洞さんには内緒と言われたけど、アリスには内緒と言われてないからね！　あとはアリスからの介入を待つだけだ。ある意味、約束を反故《ほご》にするようで申し訳ないが、こうでもしないと自身の貞操は守れない。

そして宝条さんと二人で駅に向かい、だんだんと僕は焦っていく。

おかしい。アリスからの介入がない！

旅行先も一日の予定も伝えてるから、そろそろ何らかのアクションがあると思っていたけど、何もない！

作戦失敗かと思っていると、予測の斜め上を行った想定外の介入があった。

僕と宝条さんは駅前で思わず立ち止まる。

アリスだった。アリスが駅前にいたのだ。休日なので当然私服姿であり、うす紫色のトップスに白いロングスカート姿であり、紫色は結構冒険的な色だが、全体的に落ち着いてまとまっている。物憂げで美しい顔も相まって、「お忍びで来ている北欧の姫」のようであったが、それにしては背中に背負った竹刀《しない》袋の異物感がすごい。

そして僕が驚いたのはアリスがキャリーバッグを引いていることだった。まるで旅行か何かに行くようであり、猛烈に嫌な予感がした。

「ふん。狭間にHさん、宝条か。時間どおりじゃな。まだ余裕もあるが行くぞ」

アリスは僕と宝条さんを先導して歩こうとする。

宝条さんは焦ってアリスを呼び止める。

「ま、待ってください！　行くってどこへ⁉」

「旅行についていくに決まっとるじゃろ。会長に頼んで三人部屋にしてあるぜよ」

「はぁぁぁぁ⁉」

宝条さんが路上で絶叫したが、僕だって叫びたい気分だった。いくらなんでも聞いてなさすぎる。僕らの表情を見て、アリスは神妙な顔でうなずいた。

「わしだって考えた。基本的に風紀委員の仕事は学校内の治安と風紀の維持。学校外でエロを取り締まるのは越権行為じゃ」

「な、ならば不介入が筋では⁉」

宝条さんがそう反論をするが、アリスは首を横に振る。

「しかし、しかしじゃ。狭間はわしに助けを求めてきた。そのヘルプを無下にはできん。わしもこの三連休は暇じゃ。ならば宝条。おまんのエロ野望、エロ旅行を止めるのはやぶさかではない」

宝条さんは愕然《がくぜん》として地面に膝をついた。

「そ、そんな！　学外は治外法権では⁉」

「別に治外法権ではないでしょ」

アリスは意気揚々と出発しようとし、目論見《もくろみ》がそれた宝条さんは「狭間さん、チクりましたね？」とすごい顔で僕を見た。僕だって当初の予定からめちゃくちゃずれた想定外のことをされたから、どんな表情を浮かべていいのかわからない。

とにかくこれで宝条さんとの童貞喪失危機旅行は阻止された、のかなぁ？　少なくともいささか心強すぎるボディガードがついた。いや、アリスはそこまで気心が知れてないから、旅行に緊張感がついたけど。

そんなこんなで三人で駅構内に入ると改札前にもっと想定外の人がいた。

是洞さんだった。是洞響さんが完全に旅行のいでたちで改札前にいた。白いスポーツキャップ、白いパーカーに黒いジャージっぽいズボン、スニーカーも動きやすそうなものだ。背負っているリュックはどう見ても「旅行用」で大きなものだった。キャリーバッグのアリスと宝条さんに比べればかなりの軽装だといえるが、どう見ても旅行用の服装だ。

宝条さんは驚愕《きょうがく》の表情を浮かべている。

「な⁉　是洞響⁉　なぜここに⁉」

「よぉ、蘆花ぁ。あんた、楽しそうな旅行に行くみたいじゃん？」

是洞さんは笑顔（目は笑っていない）で宝条さんの肩をがっしり摑《つか》む。

「偶然、アリスがカイチョーと話してるの見ちゃってさぁ。あたしも参加するからホテルを四人部屋にしてもらったけどいいよね？　楽しい女子会、しようぜ？」

なんだかすごい旅行になってしまった。これから、この女子三人と同室で二泊三日を過ごすのか。え、大丈夫なのかな、それ。

宝条さんはしばらく目を細めて何事か考えていたが、やがて一つのことを提案する。

「建設的な意見として、ここは4Pでいかがでしょうか？」

宝条さんがそう提案するとアリスは息をのんだ。瞬時に否定するかと思えば、色々な答えが逡巡して返答に迷っているような表情を浮かべる。

「……‼」

「おい、むっつりスケベ風紀委員長。目が泳いでるぞ、おい」

是洞さんが「4P」について考え出したアリスにツッコミを入れる。アリスは赤面して「な⁉」と言ったがそれ以上のことを口にしなかった。

時は十一月のはじめ。是洞さんか、宝条さんかを選ぶ「運命の二択」、ジャッジメントデイまで後一ヵ月。

まさかこのときは運命の二択の選択肢がどんどん増えていくとは思いもよらなかった。

……いや、ごめんなさい。思いもよらなかったは嘘で、薄々と感じていました。

新幹線の前の席が獅子堂先輩と佐波と渡辺《わたなべ》君で、先輩が少し気恥ずかしそうに「いや、すまん。楽しそうだったから俺たちもついていくことにしてしまった」と言ったのは別の話だ。

完

あとがき

本作を出版する上でたくさんの方々にお世話になりました。私の力だけでは本になりません。

素敵な挿絵を描いてくださったカンミ缶先生、本当にありがとうございます。おかげでど変態ワールドが見られるものになりました。

めちゃくちゃ多くの誤字の中、根気よく付き合ってくださった担当の佐藤さんありがとうございます。最初に佐藤さんから「投稿版より後半は全カットの全差し替えで」と言われた時は「いや、無理でしょ！　無理無理無理無理！」と思いましたが、全然なんとかなるものですね。実際に本作は後半が全部差し替わってますが、結果的に投稿版より気に入ってます。

それから私が特に何の小説も書いていない時期に「お前は才能があるからさっさとデビューしろ」と言ってくれたH君はMVPです。

あと、なんだかんだで私の投稿作品全てを気に入ってくれていた、一番のファンである妹。ありがとうございます。

次に「お前は不細工でゴミくずで太ってて、背も低くて足は臭いけど文才はある」と言ってくれたお母さん……は別にいいか（※親子仲は良好です）。

最後にこの小説をお手に取ってくださった皆様もありがとうございます。

学校が舞台のこんな小説を書いておいてなんですが、私はもうすぐ四十歳で、普段はサラリーマンをしています。小説は三十六のころから書き始めました。

偉そうにあまり他の人に何かを語れる身分ではないと承知の上ですが、何かをするのに遅すぎるということはないのだと思います。何かに二の足を踏んでいる方々がいらしたら、いつか我が身が皆様の勇気の一助になれることを願います。

たか野む

講談社ラノベ文庫

すべてはギャルの是洞《これとう》さんに軽蔑《けいべつ》されるために！

たか野《の》む

2024年5月29日第1刷発行

発行者	森田浩章
発行所	株式会社　講談社 〒112-8001 東京都文京区音羽2-12-21
電話	出版　(03)5395-3715 販売　(03)5395-3605 業務　(03)5395-3603
デザイン	木村デザイン・ラボ冨永
本文データ制作	講談社デジタル製作
印刷所	株式会社ＫＰＳプロダクツ
製本所	株式会社フォーネット社

KODANSHA

ISBN978-4-06-535405-6　N.D.C.913　319p　15㎝
定価はカバーに表示してあります

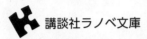

講談社ラノベ文庫

コミュ症なクラスメイトと友達になったら生き別れの妹だった

著：永峰自ゆウ　イラスト：かがちさく

「ごめん……。君とは付き合えない」
クラスのカリスマ的な美貌と人望を持つ如月志穂の告白を断った男、真藤英治郎。
彼には「みんなの理想の友人」となって居心地の良い空間を作るという目標が
あった。そんな英治郎が気になる女子が一人。長い前髪で表情の見えないコミュ症
な同級生、篠宮未悠。ある時、篠宮が実の妹だと知ってしまう!?
絶対にバレてはいけない青春ラブコメ開幕！

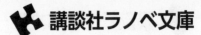

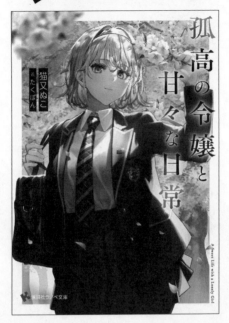

講談社ラノベ文庫

勇者と呼ばれた後に1～2
―そして無双男は家族を創る―

著:空埜一樹　イラスト:さなだケイスイ

――これは、後日譚。魔王を倒した勇者の物語。
人間と魔族が争う世界――魔王軍を壊滅させたのは、ロイドという男だった。戦後、王により辺境の地の領主を命じられたロイドの元には皇帝竜が、【災厄の魔女】と呼ばれていた少女が、魔王の娘が集う。これは最強の勇者と呼ばれながらも自分自身の価値を見つけられなかったロイドが「家族」を見つける物語。